Pour Sarah, avec toute
ma sympathie.
Jacqueline Zinetti le 15 Mars 2012

L'INVISIBLE AU PETIT CHIEN

Collection
Amarante

FRAGMENTS D'UN JOURNAL INFIDÈLE (AVRIL 2011)
Hana Sanerova

LA DRH ET AUTRES NOUVELLES AU SEIN DU MONDE DU TRAVAIL (janvier 2011) Sylvain Josserand

JOSEPHINE OU LES CALLIGRAPHIES D'ERDEVEN (novembre 2010)
Claude Choquet-Guillevic

LE POTENTIEL EROTIQUE DES ANNEES SARKOZY (octobre 2010)
Juan Cabanis

RUE DAGUERRE (septembre 2010)
Paul Fabre

UN CRI (septembre 2010)
Didier Tassy

EL SHAÏR (juillet 2010)
Virginie Buisson

LE GRAND CIEL (juillet 2010)
Chantal Saragoni

LA POSITION DU DEMISSIONNAIRE (juillet 2010)
Fabrice Gourdon

L'IMPOSTEUR (mai 2010)
Amine Issa

HISTOIRES DE VIEILLIR (mai 2010) Entre fiction et témoignage
Catherine Artous

Jacqueline Zinetti

L'INVISIBLE AU PETIT CHIEN

NOUVELLES

L'Harmattan

5-7, rue de l'École-Polytechnique ; 75005 Paris
http://www.librairieharmattan.com
diffusion.harmattan@wanadoo.fr
harmattan1@wanadoo.fr
ISBN : 978-2-296-55378-1
EAN : 9782296553781

À Jean et Joséphine,
mes parents terribles...

Qu'on me laisse à mes amours mortes !
Qu'on me laisse à mes souvenirs
Mais avant de fermer la porte,
Qu'on me laisse le temps d'en rire.
Le temps d'essayer d'en sourire.

Anne VANDERLOVE
Ballade en novembre

MAMIE EST ENCEINTE

J'ai quinze ans, et je m'appelle Marine. Dans ma classe il y a trois autres «Marine»... Ils sont vraiment nuls, les parents, leur manque d'imagination me désole, à chaque génération, ça se répète, dès que la grossesse est annoncée, très fiers d'eux ils choisissent pour leur petit génie à venir «le plus beau prénom», c'est-à-dire le plus à la mode, sans penser un seul instant que la mode est la même pour tous.

Pour une fois les garçons ne sont pas épargnés: appelez Louis, Théo ou Paul dans une maternelle, et vous verrez rappliquer la moitié de la classe.

Mamie n'a pas échappé à cette loi des séries, elle s'appelle Jeanine, comme beaucoup de ses amies. Mais elle, c'est une femme exceptionnelle, elle a su se soustraire à cette impéritie transgénérationnelle, elle a baptisé sa fille Pélagie. Vous en connaissez beaucoup, des Pélagie, vous?

Le problème, c'est que maman déteste son prénom, ça fait un grief de plus contre sa mère... Alors moi, elle ne m'a pas ratée: Marine, comme tout le monde!

Un soupçon me taraudait depuis longtemps, alors j'ai profité d'un week-end paisible pour lancer la discussion.

- Ah, au fait, maman, je voulais te demander...

- Oui?

- Je voudrais savoir...

- Oui?

- Elle est peut-être idiote, ma question, mais...

- Quand tu prends autant de précautions, je crains le pire.

- Non, non, c'est une question banale, mais...

- Mais?

- Banale, mais essentielle en même temps, elle touche au fondement même de mon identité.

- Marine, évite les effets de manche avec moi, ce type de vocabulaire, garde-le pour épater tes copines!

- Putain-merde, c'est toujours la même chose, dès que j'essaie de parler de quelque chose qui me touche, tu t'en fous ! ça fait chier !

- Pédante ou grossière... Enfin, il paraît que c'est l'âge qui veut ça... Je peux bien te critiquer un peu, non ? Allez, on se calme, dit-elle d'une voix veloutée, en me prenant la main tendrement.

Un peu de douceur et je fonds, je me déçois, je suis trop faible.

- Allez, dis-moi.

- Mon prénom, Marine, papa, ça lui plaisait ?

Son visage se renfrogne et sa main se crispe sur mes doigts qu'elle finit par écraser.

- Je ne lui ai pas demandé son avis, me répond-elle, en haussant le ton et en articulant bien tous les mots pour montrer son agacement.

- Et j'ai bien fait, n'oublie pas qu'il nous a plaquées juste avant ton entrée en maternelle.

No comment.

Il n'est pas si mal, papounet, il paie régulièrement sa pension alimentaire malgré ses fins de mois difficiles et contrairement aux pères de mes copines, il ne critique jamais son ex, pour tout dire, il n'en parle jamais.

Tous les ans, nous marchons ensemble sur les chemins de Compostelle en short et sac au dos, il y tient et moi, ça ne me déplaît pas.

C'est un silencieux, introverti, et pendant des kilomètres, nous méditons côte à côte, sans échanger une parole. C'est bien, mais ça ne me suffit plus. Cette année, influencée par mes premières lectures de Freud, j'ai tenté de lui démontrer que j'avais besoin d'en savoir un peu plus sur les raisons de son départ. Je l'ai senti mega-angoissé, mais j'ai insisté, je ne voulais pas céder. Il a fini par bredouiller que j'avais besoin de mûrir encore un peu, qu'il m'expliquerait tout ça l'année où nous atteindrions Saint-Jacques, et il a ralenti aussitôt la cadence de la marche.

Les parents de nos jours sont vraiment trop compliqués. Heureusement qu'il y a mamie, elle est chaleureuse, spontanée, pleine de fantaisie, c'est une des rares personnes qui réussit à me faire rire.

Elle possède un corps plantureux aux formes épanouies et une tignasse, épaisse et rebelle, qu'elle m'a transmise avec générosité. Son nez busqué, un peu trop long peut-être, donne encore un peu plus de force au personnage. Tout en elle exprime l'abondance et la profusion, elle sourit, elle irradie, elle vibre.

Elle a eu de nombreux amants et comme elle possède un véritable talent de conteuse, ses histoires d'amour, revisitées par le temps et par son imagination, sont passionnantes. J'ai mes préférées, et je ne me lasse pas de l'écouter, lorsqu'elle évoque Fernando, le maçon italien qui chantait du bel canto en se rasant le matin. C'est lui qui l'a initiée à l'opéra et à l'art de la pasta, et le samedi soir, quand il buvait un peu trop de chianti, il pleurait en exhibant le tatouage qui décorait ses pectoraux sublimes, un cœur entouré d'une déclaration : « Ti amo, la mamma »....

Avec Edouard, l'oisif fortuné qui lui consacrait tout son temps, elle a vécu cinq ans, son record de longévité conjugale. Moi, j'ai un faible pour le pianiste américain, alcoolique et dépressif, qui jouait des nocturnes de Chopin en pleurant ; un soir de désespoir, il a abandonné le clavier pour la roulette russe, mais mamie déteste les tragédies et elle lui a demandé d'aller se suicider ailleurs...

Elle a, par contre, une fâcheuse tendance à oublier Henri, le père de maman, et lorsque je la talonne pour qu'elle me parle de ce grand-père que je n'ai pas connu, elle se contente de répondre :

- C'est le portrait de ta mère, dans tous les domaines. Et toi ? ajoute-t-elle, histoire de changer de conversation.

- Moi, je n'aimerai qu'un seul homme, le même, pour la vie.

- C'est un peu ringard, surtout à notre époque, mais peut-être que tu as raison, ça ne sert à rien d'en changer, au fond, ils sont tous pareils et avec eux, ça se termine toujours de la même façon...

Les aventures amoureuses de mamie me mettent le feu aux joues et me rendent de bonne humeur. Maman, elle, grimace et persifle :

- Elle a toujours confondu les histoires d'amour et les histoires de fesses !

- Ce n'est pas la même chose ?

Regard désolé de ma génitrice, qui lève les yeux au ciel et ne daigne même pas répondre. Mais j'ai bien senti que pendant une fraction de seconde, ma remarque l'a interrogée.

Trop amoureuse pour être aimante, mamie, moi, je suis arrivée au bon moment dans sa vie, les hommes et les hormones commençaient à la délaisser, mais je n'oublie pas que la petite Pélagie a vu défiler tous les amants de sa mère.

Est-ce le souvenir de certaines scènes qui embrasent son visage, dès qu'une conversation prend une tonalité un peu scabreuse ? Ces rougeurs de jeune fille surprennent chez cette femme qui dirige son équipe d'une main de fer. Elle possède une autorité naturelle et s'exprime le plus souvent sur un ton qui n'admet pas les répliques, alors, bien sûr, entre elle et moi, c'est parfois un peu difficile, je dois lui rappeler constamment qu'elle n'est pas ma DRH, qu'elle n'est que ma mère. Le « que » comme prévu la fait sursauter, tant pis, il faut savoir se faire respecter de ses supérieurs...

Quant au look ! Elle surveille étroitement son poids, c'est une obsédée de la balance, elle serait plutôt mignonne pourtant, mais ce corps maigre dans ses vêtements stricts et sévères, avec les cheveux coupés au carré retenus par un serre-tête en velours ! Ce modèle de femmes de nos jours, ça n'existe plus qu'à Versailles...

Qu'a-t-elle connu de l'amour, ma Pélagie ? Je sais que lorsque mon père a fui, du jour au lendemain, sans prévenir, elle s'est effondrée. Mamie, à ce moment-là, a senti que le pire pouvait arriver, et elle l'a soutenue avec une ferveur maternelle qu'elle découvrait.

Après sa dépression, elle a été prise d'une frénésie érotomaniaque et le soir, elle me conduisait souvent chez mamie. J'aimais bien, je dormais dans le canapé du salon avec le chien Lascar. Pourtant, je cauchemardais toutes les nuits, et c'est à cette époque que j'ai commencé à avoir peur du noir. Lorsque je me réveillais en hurlant de terreur, mamie apparaissait aussitôt, échevelée, telle une lionne majestueuse, et me prenait doucement dans ses bras. Je m'accrochais à son cou, et je posais ma tête sur sa poitrine moelleuse, je terminais ma nuit, blottie contre son corps qui rassemblait toutes les odeurs de sa maison, mélange savamment dosé d'encaustique, de confitures et de poils de chien.

Les frasques sexuelles de ma mère ne pouvaient pas durer longtemps. Pour elle, le désir comme l'amour, c'est trop compliqué, elle a préféré renoncer. J'ai retrouvé ma chambre, et mes cauchemars ont disparu.

* * *

Depuis quelque temps, je la trouvais un peu sombre, mamie, et même triste, ça m'inquiétait beaucoup.

- Comment veux-tu que je sois gaie, tu as vu la tête que j'ai ? Regarde là, autour des yeux, et le front, ce ne sont plus des rides, ce sont des ravins. Ce teint livide, et ces bajoues qui pendent lamentablement, je n'ose même plus me regarder dans une glace, je crois que je vais supprimer tous les miroirs de la maison.

- Tu ne vas pas me priver de ton superbe Murano, et puis, tu l'as acheté à Venise avec...

- Édouard. C'est le premier que je vais décrocher, il est magnifique, et moi, je ne suis plus belle, on ne va plus ensemble. Tu voulais qu'on aille à la brocante de l'avenue du Maine, pas la peine, contente-toi de me regarder, je suis une brocante à moi toute seule...

- Mais, que dis-tu, mamie, toutes mes amies te trouvent formidable.

- Je ne les vois plus beaucoup, tes amies, toi non plus, d'ailleurs.

- J'ai été prise par mes examens, le bac français, ça devient sérieux, et puis nous répétons beaucoup au théâtre en ce moment, il faut que je sois prête pour la représentation de la fête du lycée, et puis...

- Oui, je sais, tes copines, tes amoureux, alors comment trouver du temps pour passer voir ta grand-mère ?

- C'est la première fois que tu me fais des reproches.

- C'est la première fois que tu commences à m'oublier, il fallait bien que ça arrive un jour...

- Que se passe-t-il, mamie ? Tu es triste, tu restes cloîtrée chez toi, ça ne te ressemble pas. Tu ne joues plus aux cartes avec tes amis ?

- Ils sont morts.

- Tous ?

- Ou en maison de retraite, c'est pareil.

Là, j'ai cherché désespérément des arguments que je n'ai pas trouvés.

- Tu vois, tu ne dis plus rien. Ce n'est pas drôle d'être vieux.

En repartant, j'avais le cœur lourd. Un cœur énorme, qui n'arrêtait pas de pleurer. Mais surtout, je me sentais prise comme un insecte dans une toile d'araignée, ligotée par des sentiments contradictoires.

Ma grand-mère avait raison, je m'éloignais tout doucement d'elle, au moment où elle avait particulièrement besoin de ma présence.

Le problème, c'est que les autres m'aspiraient de tous les côtés. Sans avoir changé de territoire ni de pays, j'allais de découverte en découverte. Moi non plus, je ne reconnaissais plus mon corps, lorsque je me regardais dans un miroir, avec les garçons, les rapports se transformaient totalement, je me mettais à trembler d'émoi en leur présence, ou je devenais agressive et je les rejetais, sans toujours bien comprendre pourquoi.

Tout devenait différent, mes repères bougeaient à une allure vertigineuse, et quand ça défilait trop vite, j'avais envie de fermer les yeux, de reprendre mon pouce, et de me faire bercer dans les bras de mamie.

Je savais que pour grandir, j'avais besoin de me frotter à ces nouveaux paysages, mais les frottements étaient parfois un peu rugueux.

Toutes ces pensées grouillaient dans ma tête lorsque je suis retournée voir mamie une semaine plus tard, d'autant plus que j'avais eu une discussion avec Pélagie, au cours de laquelle je lui avais demandé de s'intéresser un peu plus à sa mère. Elle avait explosé, et s'était mise à hurler :

- Si je comprends bien, je suis une mauvaise mère et une mauvaise fille !

Le souffle de colère avait été aussitôt englouti par une vague de désespoir, son menton s'était mis à trembler, elle avait fermé les yeux pour essayer d'emprisonner ses pleurs, et puis la digue avait cédé, et des torrents de larmes avaient déferlé. Elle s'était mise à sangloter bruyamment, comme une enfant.

Je ne suis pas souvent d'accord avec elle, mais la voir pleurer, ça, je ne supporte pas, alors je l'ai prise par le cou en lui disant :

- Excuse-moi, je ne suis pas facile en ce moment, mais je m'inquiète pour grand-mère, je la trouve tellement désespérée.

Ma mère a sursauté :

- Désespérée ? Je suis passée la voir hier, m'a-t-elle dit en hoquetant, elle prenait son café et fumait une cigarette en regardant « Les feux de l'amour » à la télé, je peux te dire qu'elle allait particulièrement bien et je suis repartie très vite, car j'ai bien senti que ça l'énervait de perdre le fil de son feuilleton.

Quand je suis arrivée chez mamie, il est vrai que l'ambiance avait changé : envolées les idées noires, elle était de nouveau chaleureuse, souriante, volubile.

J'ai tout de même été un peu surprise par les barrettes de toutes les couleurs qu'elle avait accrochées dans ses cheveux et par la masse de bijoux qu'elle portait ce jour-là. Elle ressemblait à une vitrine de joaillier, elle avait dû piller son coffret, une bague à chaque doigt, toutes ses montres et ses bracelets aux poignets, et je passe sur les colliers et les boucles d'oreilles : ça étincelait, sautillait, cliquetait au moindre mouvement.

- Tu as vu maman, hier ?

- Pélagie, oui, elle est passée, oh, pas longtemps, elle avait l'air énervée, comme d'habitude. Pélagie, quelle idée j'ai eu de l'appeler comme ça, je comprends qu'elle m'en veuille un peu parfois ! J'ai trouvé un beau prénom pour l'autre, Marianne, comme la République, ou Marie-Anne, qu'est-ce que tu en penses ?

- L'autre ?

- Oui.

- Je préfère Marianne, Marie-Anne, ça fait un peu snob. Tu aurais aimé avoir une deuxième fille ?

- Mais je vais avoir une deuxième fille, tu es la première à qui je l'annonce, je suis enceinte...

Je la connais, ma mamie, c'est une baroudeuse qui a bien profité de la vie, elle me raconte parfois des histoires un peu glauques, mais là, j'ai bien senti que le ton n'était pas à la plaisanterie.

- Faire un bébé à soixante-dix-sept ans, on va en parler dans les journaux, et même au JT, tu vas connaître ton heure de gloire, tu es allée à Rome consulter le fameux professeur ?

Elle a répliqué d'un ton sec :

- Garde pour toi tes plaisanteries de mauvais goût. Tu parles comme les autres, à partir d'un certain âge on n'appartient plus au monde des vivants, balayés les vieux, exclus, poussez-vous, vous nous gênez ! Pense ce que tu veux, mais je suis bel et bien enceinte.

Mes paroles l'ont blessée et elle s'est assombrie, une lueur de désespoir est réapparue dans ses yeux, comme si elle retrouvait une réalité qui l'offensait en permanence. Je ne voulais plus qu'elle soit triste.

- Mamie, pardonne moi, j'ai ironisé bêtement, parce que ce bébé dont tu parles, je l'envie, j'aurais tellement aimé que tu sois ma mère.

La lueur noire s'éteint, son beau visage buriné sourit, elle va dans la cuisine me préparer un chocolat chaud, ma boisson préférée. En se levant, elle porte les mains à ses seins en disant :

- Je sens que je m'alourdis.

Je l'observe. Elle marche lentement en pointant son ventre en avant, le caresse par moments, et j'ai remarqué qu'en passant dans le couloir, elle s'est arrêtée un instant pour contempler son corps dans le Murano, et là, avec une satisfaction évidente.

Elle n'est pas cette vieille femme que les autres ne regardent plus, mais une femme féconde et digne de toutes les attentions.

Nul doute que sa poitrine n'est plus décharnée et flétrie, mais gorgée de lait, comme son ventre tendu est rempli de vie.

Je suis stupéfaite, mais admirative.

Je n'ose pas lui demander qui est l'heureux père. Elle n'en parle pas. Marianne, c'est le divin enfant.

* * *

Mamie a été hospitalisée deux semaines à l'hôpital psychiatrique, elle ne parle plus de sa grossesse mais elle a de nouveau un regard tragique.

J'ai dit à ma mère :

- Pourquoi lui ont-ils enlevé son bébé, les psychiatres ? Elle délirait peut-être un peu, mais elle était heureuse, ils n'ont vraiment rien compris, ceux-là ! Si on ne lui rend pas sa Marianne, elle va mourir, je le sais, il faut arrêter de lui donner ses gouttes !

Ma mère m'a répondu :

- Que veux-tu qu'on en fasse de cette enfant, c'est toi qui vas t'en occuper ? Tout le monde devient fou !

Au fond de moi, je dois avouer que je suis très jalouse et que je ne regrette pas beaucoup cette petite fille dont elle n'accouchera jamais, j'aurais tellement aimé m'appeler Marianne, Marine, c'est nul !

LE PAUVRE PETIT

Raymond secoua avec brutalité le dossier de la chaise branlante sur laquelle était assise la vieille femme, et de sa voix éraillée lui cria :

- Tu vas lever ton cul de là, espèce de feignasse !

Comme elle ne réagissait pas, il donna une série de coups de pied sur les barreaux fatigués, ivre de vin et de colère. La vieille chancela tel un métronome, jusqu'à ce qu'un coup plus violent la projette contre le mur écaillé de la cuisine et pulvérise le siège. Elle s'effondra lourdement sur le carrelage, en hurlant.

Rien ne saurait émouvoir Raymond lorsqu'il a bu, ni les cris de douleur de sa mère, ni la petite rigole de sang qui serpente dans les fêlures des tomettes disjointes.

Pas question de l'aider à se relever : elle est robuste, jamais malade, même pas un rhume l'hiver, elle prend de l'âge, et alors ? Ce n'est pas une raison pour la laisser croupir dans sa flemme, il faut les remuer, les vieux, sinon ils se rouillent.

Comme elle s'époumonait en implorant son aide, il s'approcha d'un pas mal assuré, en vociférant :

- Braille pas comme ça, espèce de comédienne, tu ne vas pas ameuter tout le quartier pour une éraflure et trois gouttes de sang, allez, lève-toi, bon dieu. Oh et puis merde ! Si tu es bien par terre, tu y restes.

Elle se mit à pleurer en appelant :

- Simone, Simone... Simone, Simone..., d'une façon lancinante.

- Arrête de gueuler, je vais la chercher, cette vieille peau.

Il sortit en titubant et claqua la porte derrière lui, pour ne plus l'entendre.

Il grimpa l'étage avec difficulté, marche après marche, en se tenant des deux mains à la rampe. Il entra chez Simone sans sonner : chez elle, c'était comme chez lui, même appartement délabré qu'il connaissait depuis toujours, même crasse, et même odeur de moisi. Il resta sur le pas de la porte et lui cria :

- Va voir en bas, elle est encore tombée, moi, je me tire !

Et il retourna s'accouder au zinc du bistrot du coin. A travers les vitres couvertes de buée, quand, un moment plus tard, il vit, stupéfait, les pompiers embarquer sa mère, la main qui tenait le ballon de rouge trembla un peu plus et il s'empressa de vider son verre. Il en but un deuxième, puis un autre encore. Et sa culpabilité se dilua dans l'alcool.

Yvonne fut hospitalisée à l'hôpital Bretonneau. Pendant plusieurs jours, confuse et agitée, elle bredouilla des mots inaudibles, en s'adressant à des personnages imaginaires.

Sa tête avait été largement rasée au-dessus de la tempe, pour soigner la plaie béante du cuir chevelu. Les fils des points de suture pointaient vers le ciel, telles les pattes d'un insecte à l'agonie, et lorsqu'elle déambulait dans sa chambre, l'air hagard et affolé, elle ressemblait aux créatures inquiétantes qui peuplent les contes de notre enfance.

* * *

Lorsque Simone entra dans le bureau du médecin, elle sentit son cœur s'accélérer et une sueur froide couler sous ses bras. Elle avait été convoquée par le service hospitalier et appréhendait l'entretien, car elle savait que l'affaire risquait d'être judiciarisée. Et puis, ces gens en blouse blanche, l'air sérieux, avec leur stéthoscope autour du cou, l'avaient toujours beaucoup impressionnée. Elle craignait toujours que leur regard, en se posant sur elle, ne détecte immédiatement une maladie grave qu'elle aurait ignorée.

Le médecin, une jeune femme douce, sentit son émoi en lui serrant la main. Elle la pria de s'asseoir et lui demanda :

- Vous êtes la voisine de Mme Leroux, n'est-ce-pas ?

- Yvonne et moi, on est plus que de simples voisines.

- Vous avez des liens de parenté ?

- Non, mais on est nées dans le même quartier, et ça fait cinquante ans qu'on habite le même immeuble.

- Une amitié qui dure toute une vie, c'est rare !

Simone se sentit flattée par l'intérêt qu'elle lui portait et retrouva sa verve.

- Ah oui, tout ça pour vous dire, madame la doctoresse, qu'Yvonne, je la connais par cœur, et son fils aussi ! Quand je l'ai vue dans une mare de sang, j'ai appelé les pompiers tout de suite, elle criait, elle pleurait, et elle m'a bien dit que c'était lui qui l'avait fait tomber. Il a donné des grands coups de pied dans la chaise, ce saligaud !

- Il a toujours été violent avec elle ?

- Non, c'est récent tout ça, il cassait bien un peu de vaisselle, quand il était trop énervé, mais ça n'allait pas plus loin.

- Et comment vous expliquez ce qui s'est passé ?

- Ces derniers temps, Yvonne, elle a pris un bon coup de vieux, elle se fatigue vite et elle ne peut plus s'occuper de la maison comme avant, mais ça, il ne veut pas l'admettre.

- Autrement dit, il ne peut pas accepter que sa mère vieillisse ?

- Ben oui, mais à soixante-dix-sept ans, les forces, elles faiblissent, hein, je sais ce que c'est, j'ai exactement le même âge...

- Vous en parlez avec lui ?

- Bien sûr ! Mais il ne veut rien entendre, il me soutient qu'elle va bien, mais qu'elle ne veut plus rien foutre. C'est un sacré petit con ! Excusez-moi, madame la doctoresse, mais je lui en veux tellement, vous avez vu comment il l'a amochée, sa vieille mère ? Quelle honte !

- Il n'est pas marié ?

- Ben non, qui pourrait supporter un poivrot pareil ! Et puis, malgré ses airs de macho, il n'a jamais pu quitter les jupons de sa mère.

- Et son père ?

- Il est mort quand ce vilain drôle avait seize ans, c'est là que les ennuis ont commencé, parce que, tant que son père était vivant, il était plutôt mignon, ce petit. Vous me croirez si vous voulez, mais le lendemain de l'enterrement, il a refusé de retourner à l'école, il faut dire qu'Yvonne n'a pas beaucoup insisté. Là, elle a eu tort. Il a changé de caractère, surtout quand il s'est mis à boire, et ces derniers temps, il picole de plus en plus.

- Il travaille ?

- Il est au RMI depuis deux ans. Vous savez ce que c'est, quand on a un tel vice, on ne tient pas longtemps dans la même place, et puis l'âge n'a rien arrangé. Heureusement qu'elle est là, Yvonne, sinon le Raymond, je peux vous dire qu'il serait SDF.

- Et elle, comment elle se comporte avec lui ?

- Elle lui fait tout ! Elle est bien obligée, avec un fils comme ça, il ne sait même pas remplir un chèque !

- Elle n'est pas inquiète pour son avenir, ce fils, célibataire, à son âge, avec tous ces problèmes ?

- Un peu, mais, quand on en parle toutes les deux, elle me dit : « Quelle femme en voudrait ? » Qu'est ce que je peux répondre ?

* * *

Yvonne sortit progressivement de sa torpeur, et très vite, l'entourage hospitalier fut séduit par la gouaille de cette vieille parisienne, qui n'avait jamais quitté Ménilmontant.

Son physique terne et revêche contrastait avec la causticité populaire de ses propos. C'était une petite femme maigre au visage anguleux, au nez pointu. Elle ponctuait chaque phrase d'un hochement de tête, à la manière des jeunes enfants, et sa voix haut perchée rehaussait l'ironie sarcastique de son accent parisien.

Mais elle ne parlait jamais des faits qui avaient provoqué ses blessures.

Un matin, au cours de la visite, alors que le médecin l'examinait, elle lui demanda sur un ton enjoué :

- Alors Doc, ça cicatrise bien ?

La jeune femme fut surprise, car depuis son stage au service médical de la prison de Fresnes, où surveillants et détenus utilisaient ce raccourci, plus personne ne l'avait appelée ainsi.

- Oui, mais je ne peux pas enlever les fils aujourd'hui, c'est encore un peu inflammatoire, il faudra attendre quelques jours.

Et elle ajouta :

- Je suppose que vous n'êtes pas pressée de rentrer chez vous après ce qui s'est passé ?

- Oh, mais ça n'arrivera plus, je vais prendre mes précautions maintenant.

- N'oubliez pas que nous sommes là pour vous aider.

Yvonne ricana :

- A réparer les pieds de mes chaises ? C'est que j'ai pris un sacré gadin quand le pied a lâché, faut dire qu'elles datent de mon mariage, elles ne sont plus toutes jeunes...

- Les pompiers m'ont dit que c'était votre fils qui...

Yvonne lui coupa la parole.

- C'est que je suis tombée sur le carrelage, heureusement que j'ai le crâne dur, hein ?

- Madame Leroux, je parle sérieusement, il aurait pu vous tuer !

Yvonne croisa les bras nerveusement, et les sourcils froncés, regarda droit devant elle, en jetant de temps à autre un regard furtif au médecin.

- Madame Leroux, il faut faire quelque chose pour vous protéger.

- Oui, oui, vous avez raison.

- Il faut absolument porter plainte, sinon il recommencera.

Yvonne s'immobilisa, et son regard se fixa à l'intérieur d'elle-même. Puis elle répéta d'une façon mécanique :

- Oui, oui, porter plainte... Tu aurais pu me tuer, oui... Tu m'as fait mal, il ne faut plus que ça recommence, non, il ne faut plus... C'est vrai, je dois faire quelque chose. Tu m'as fait tellement mal... La voix avait perdu son ton railleur.

Le médecin sortit discrètement, et la laissa en tête à tête avec son fils.

* * *

Depuis qu'elle n'est plus là, il passe ses journées étendu sur le lit, ses vêtements crasseux collés au corps.

Il gît, hébété, englouti dans une masse gluante qui l'empêche de bouger et de penser. Effrayant, ce vide, vertigineux, alors il s'agrippe à la bouteille pour ne pas sombrer. Après quelques rasades, la réalité se recompose lentement à travers les brumes de l'alcool. Il assiste au défilé silencieux de ce qui constitue sa vie. Il se souvient à peine de son père, cet homme taciturne et sombre, dont sa mère ne parle jamais. Pas une photo de lui à la maison, pas un objet, mort sans laisser de traces.

Les femmes ? Toutes des salopes qui le trompaient, et puis, il a toujours éprouvé un peu de dégoût pour ces corps mous, et ce sexe humide, aux odeurs fades.

Mais les pires humiliations, c'est au travail qu'il les a connues, il n'a vécu que de petits boulots infâmes et mal payés.

Sa mère est là, en filigrane, partout, présence attentive qui le protège si bien, et l'enferme. Il est trop fragile pour prendre le risque d'ouvrir la porte de la cage.

Encore une gorgée, et il pourra descendre rejoindre ses copains de bistro. L'alcool remettra en marche la machinerie des rêves : il évoquera son père, ce héros, il fanfaronnera en évoquant ses performances amoureuses, et parlera de son projet de créer sa propre société, qui prend tournure.

Les autres appartiennent à la même confrérie. Ils l'écouteront avec complaisance. Illusion temporaire, mais nécessaire, qu'il lui faut retrouver pour survivre.

* * *

Lorsqu'il rentra chez lui, le téléphone sonna longuement. Il savait que ces appels prolongés provenaient de l'hôpital, le médecin et les assistantes sociales désiraient le rencontrer et avaient déjà laissé plusieurs messages. Il débrancha la prise, pour échapper à ces reproches insistants.

Non, il n'avait pas le courage de les affronter, malgré leur politesse précautionneuse, il sentait bien que leur ton était accusateur. Pourtant, il en avait des choses à raconter ! Il soliloquait pendant des heures en s'adressant aux autres, à lui, à elle surtout :

- Quand elle reste des journées entières, assise, à somnoler, il faut bien que je la secoue un peu, la vieille, pas question de la laisser perdre ses forces. Fatiguée ? Vous me faites bien rire, ma mère, c'est une force de la nature. L'hôpital par contre, moi je vous le dis, ça ne va pas l'arranger... Allez la vieille, tu ferais mieux de rentrer le plus vite possible, on se dispute un peu, d'accord, mais on est bien tous les deux, allez, reviens, je t'en prie maman, reviens, je n'en peux plus...

Depuis quarante-neuf ans, sa mère griffonnait son histoire, et sans elle, sa vie était en suspens, comme la main de l'écrivain qui hésite avant de continuer d'écrire la vie de ses personnages.

* * *

Cet après-midi-là, quand on sonna à la porte, il ne bougea pas. Affalé sur le canapé sans couleur, il murmura :

- Allez-vous en, foutez-moi la paix... Je ne veux voir personne.

Puis le silence s'installa de nouveau. C'est alors qu'il lui sembla entendre un cliquetis de clefs. Non, il ne rêvait pas, quelqu'un essayait d'ouvrir la porte. Il frissonna, à l'écoute. Cette façon de tourner la clef dans la serrure : un coup sec, une pause un peu longue, puis un autre coup sec... Cette façon d'ouvrir la porte en la poussant jusqu'au mur. Et la démarche, à petits pas rapprochés qui traînent légèrement sur le sol...

Elle surgit, dans l'encadrement de la porte, à contre-jour, telle l'apparition d'une Vierge noire. Elle s'arrête pour l'observer.

Il tend une main vers elle, puis son bras retombe, et il se met à sangloter, la tête sur la poitrine. Elle s'approche de lui et lui caresse la nuque.

- Comme tu as maigri ! dit-elle. Ne t'inquiète pas, je suis là, je ne te laisserai plus jamais seul... Mon pauvre petit !

Elle le fixe derrière ses paupières d'oiseau, qui jamais ne s'abaissent.

Cette lueur qui brille dans ses yeux, est-ce bien une larme ?

« ANTOINE CHÉRI » OU LA RÉVÉLATION POSTHUME

Il s'attardait sur son sein gauche. Ses mains, puissantes, s'enfonçaient dans sa chair avec une brutalité minutieuse, s'immobilisaient, et poursuivaient leur palpation en petits mouvements circulaires. L'examen se prolongeait, et lorsqu'elle le vit faire la moue en pinçant ses lèvres, son regard se dérobant au sien, elle sut qu'il pensait au pire.

Il se lava les mains et se mit à rédiger une ordonnance.

- Je sens une petite masse au niveau de la partie supérieure de votre sein gauche, vous allez passer une mammographie en urgence. Il osa enfin la regarder. Elle ne cilla pas.

- Ne vous inquiétez pas trop vite, ce ne sera...

Elle lui coupa la parole :

- Je sais ce que vous allez me dire, docteur, c'est inutile, je n'ai pas peur.

En sortant du cabinet, elle décida de rentrer chez elle à pied. Les vitrines de la rue de Sèvres lui renvoyaient son image, que l'humeur capricieuse de ce ciel de mars transformait en permanence. Lors des éclaircies, elle se voyait comme dans un miroir, mais ça ne durait jamais longtemps, le soleil fuyait de nouveau derrière les nuages, et elle disparaissait alors comme par magie.

Elle s'arrêta devant la devanture d'une petite boutique et attendit que le soleil revienne pour s'examiner avec attention. Cela faisait longtemps qu'elle n'avait consenti à ce face à face avec elle-même. Le visage creusé révélait la maturité de l'âge, mais le corps était d'une minceur et d'une sveltesse rares pour une femme de soixante-dix ans.

Elle caressa légèrement sa poitrine : à l'intérieur, là, sous cette broche de cristal bleutée, cette force de vie et de mort. Elle pensa que c'était cela qu'une femme devait éprouver à l'annonce d'une grossesse, cette violence et cette infinie douceur qui s'affrontent, s'unissent, envahissent le corps et l'âme.

Elle récupéra dans son sac la lettre destinée au radiologue et sans la lire, la roula en une boule serrée, qu'elle jeta dans la première poubelle venue.

En arrivant chez elle, elle fut prise d'une fringale et s'installa devant la télévision avec un plateau somptueux : foie gras, toasts chauds, bouteille de champagne.

La vie s'était arrêtée, la vie pétillait de nouveau, elle sentait des fourmillements de bien-être parcourir son corps, et son esprit.

La deuxième coupe la réconcilia avec son environnement, tous ces meubles biscornus achetés chez des brocanteurs pour un prix dérisoire : ils étaient chaleureux, elle se sentait bien parmi eux. Et elle voyait de nouveau ses objets familiers, ses livres surtout, dont le contenu réapparaissait au fur et à mesure qu'elle les touchait du regard et de la main. Elle les aimait presque charnellement. Comment avait-elle pu les abandonner si longtemps ?

Une vague inquiétude réapparut. Elle se leva, fit le tour de son appartement en marchant.

- Attention, se dit-elle, sois prudente.

Elle continua de déambuler d'un pas vif, tout en restant à l'écoute d'elle-même. Au bout de quelques minutes, elle s'arrêta un instant, toujours vigilante, puis lentement, elle se dirigea vers le bureau d'Antoine. Elle ouvrit le tiroir. Son calme la surprenait. La lettre était là. Elle la déplia, et commença à la lire à haute voix. Les mots lus et relus, il fallait qu'elle les entende, pour que leur sonorité fixe sa pensée, ne lui permette pas de se dérober.

20 novembre 1985

Antoine chéri,

Je suis enceinte, c'est maintenant une certitude, je suis tellement heureuse ! C'est un garçon, je le sais, un fils qui te ressemblera, si beau, si tendre, mais il sera, je le crains, bavard comme sa mère. Nous passons déjà de longs moments à parler ensemble, de tout, de rien.

Lorsque je regarde mon ventre qui s'arrondit déjà, cette alchimie de l'amour, là, au fond de mes entrailles, je suis bouleversée.

Comme je t'aime! S.M.

Elle a retrouvé cette lettre quelques jours après l'enterrement d'Antoine, en triant les papiers. Elle était là parmi les autres, banale et évidente, rien ne pouvait laisser supposer son contenu. Seule particularité: elle avait été adressée à son adresse professionnelle.

Déclic des premiers mots « Antoine chéri », qui ont permis à son cerveau, en une fraction de seconde, d'absorber le contenu de la missive aussi vite qu'un appareil photographique. Phrases à jamais inscrites dans sa mémoire, mortifères et indélébiles.

La vie s'était brutalement retirée, elle avait glissé de son siège et s'était retrouvée clouée sur le parquet, anéantie, glacée, sans pouvoir ébaucher le moindre geste. Abattue en plein cœur.

Parfois, elle somnolait sans lâcher la lettre, mais l'horreur réapparaissait aussitôt dans ses rêves. Un petit garçon souriant et angélique, qui avait le visage d'Antoine, devenait monstrueux, s'emparait d'un couteau et la frappait violemment, sa force était démesurée par rapport à son âge. Elle hurlait, couverte de sang, et son cri silencieux la réveillait, mais le cauchemar se poursuivait. Dès qu'elle ouvrait les yeux, c'était pour relire ces terribles phrases, s'assurer qu'elle ne les avait pas rêvées, mais non, elles étaient là, chaque lecture la broyait, mais il lui fallait les lire et les relire encore.

Elle sortit un matin de cette horreur pétrifiante, arrachée à son lit par la nécessité de savoir.

Une période de grande fébrilité suivit, dont la colère était absente.

Il fallait qu'elle sache.

Elle se mit à suivre toutes les pistes, à vérifier toutes les hypothèses, elle interrogea son entourage, parfois discrètement, souvent d'une façon abrupte. Il fallait qu'elle sache.

Peu lui importaient les réactions d'étonnement qu'elle pouvait lire dans le regard des autres. Il fallait qu'elle sache. Il fallait qu'elle sache pour échapper à la folie.

Elle resta des journées entières à surveiller la tombe de son mari, à distance, espérant entrevoir un jour la silhouette d'une femme penchée, recueillie. A quoi ressemblerait-elle ? A qui ? Mais surtout, elle voulait voir « l'enfant »... Il devait avoir une vingtaine d'années, mais c'était peut-être une fille, une jeune femme, et cette idée lui était encore plus insupportable...

Elle remontait le temps, en suivant un fil qu'elle déroulait lentement. Et sur ce chemin qu'elle scrutait avec attention, elle espérait percevoir une trace, découvrir un objet caché. Mais rien de plus malhonnête que la mémoire, elle triche sans arrêt, elle s'arrange pour donner des coups d'éponge sur ce qui risque de faire mal. Dans l'histoire de son couple, pas le moindre nœud qui accrochât, pas un angle sur lequel se heurter, pas une faille à explorer.

En glissant sur la surface trop lisse de leur quotidien, elle comprit que tôt ou tard, la chute était inévitable. Il n'avait rien voulu dire, elle n'avait rien voulu savoir, elle sourit amèrement en se disant : « Là encore, entente parfaite... »

Elle continuait sa marche à contre-courant pour réexaminer le passé, l'ausculter, le palper, le passer au filtre en essayant de récupérer des fragments oubliés.

Elle cramponnait le fil pour tout retraverser, jusqu'au jour de leur rencontre. Antoine est là, toujours, auprès d'elle. Dans quel espace avait-il pu placer un autre amour, et surtout un enfant ?

Sa mémoire maltraitée succombait parfois d'épuisement et s'évanouissait un bref instant, mais pour mieux la harceler un peu plus tard...

Lorsqu'elle parvenait à se ressaisir, elle se disait que cette histoire était, au fond, d'une grande banalité, l'histoire de l'époux parfait qui mène une double vie...

Mais le plus douloureux, c'était cette question lancinante à laquelle, elle le savait maintenant, il n'y aurait jamais de réponse : pourquoi, mais pourquoi avait-il gardé cette lettre, pourquoi avait-il voulu qu'elle la lise après sa mort ?

Antoine était atteint d'une maladie incurable, sa mort prochaine, ils en parlaient ensemble, et jusqu'à la fin de sa vie, il était resté lucide.

De quoi se vengeait-il à travers cette lettre ? Qu'avait-il à lui reprocher pour avoir conçu une stratégie aussi machiavélique ? Mais la plus grande des cruautés était de ne pas lui avoir laissé d'indices qui lui permettraient de retrouver cette femme et son enfant.

Depuis, elle vivait avec ce creux au fond de la poitrine, cette douleur qui a fait disparaître toutes les autres sensations, qui l'aspire dans le vide. Il n'y a rien de plus terrifiant que le néant. Les humains ont raison d'avoir peur de la mort.

* * *

Mais sa visite chez le médecin a gommé la souffrance, il y a bien quelque chose, là, dans son sein, elle le perçoit, mais qui n'a rien à voir avec une maladie.

Les médecins font parfois des erreurs de diagnostic, personne ne sait mieux qu'elle ce qui se passe à l'intérieur de son corps. D'ailleurs, cette mammographie, elle la passera pour lui démontrer que cette présence n'a rien à voir avec une tumeur cancéreuse.

Elle caresse son sein avec beaucoup de tendresse, et de reconnaissance aussi. Elle commence à dialoguer avec lui, qui ne fait qu'un avec elle. Elle se sent bien, pleine et gravide d'une force nouvelle. Force de vie ou de mort, n'est-ce pas la même chose ?

Que vit donc le médecin quelques semaines plus tard penché sur son négatoscope, figé, bouche bée ? Quelle image a-t-il vue pour que ses petits yeux de myope se dilatent à ce point ? Le sublime ou l'horreur ? La vie ou la mort ? La part de mystère qui est en chacun de nous ?

Lire à travers le corps est parfois plus périlleux que lire à travers les pensées.

La jeune fille

J'entre dans le café et je me précipite vers ma place habituelle, en coin de terrasse, à droite. Merde, elle est déjà occupée ! Mais qu'est-ce qu'elle fout là, cette vieille, à cette heure, dans un bistrot, elle ne peut pas faire la grasse matinée ? Je suis déçue, je déteste que l'on casse mes habitudes. Je m'installe à la table d'à côté et j'examine l'intruse avec un regard noir, je veux qu'elle sache que je suis en colère.

Je sais ce que va me dire ma psy tout à l'heure, quand je vais lui relater l'événement... qui n'en est même pas un d'ailleurs. Elle va me reparler de mes rituels obsessionnels, pas comme ça, pensez donc ! De sa voix murmurée et distinguée, elle « suggère », utilise des tournures énigmatiques pour me forcer à réfléchir, à comprendre, à extraire cette souffrance qui me donne parfois envie de mourir. Et bien oui, à vingt ans, on peut avoir envie de mourir, lisez Nizan, bon j'arrête là, le divan, c'est pour tout à l'heure.

Ma psy, je la vois deux fois par semaine, mais une demi-heure avant la séance, j'ai besoin de me préparer et de me détendre en buvant un coca light à la terrasse de ce café. Eh oui, toujours la même brasserie, la même place, la même boisson. C'est ça, une obsessionnelle...

Elle a un visage ravagé cette petite vieille, je ne veux pas vieillir, je ne veux pas lui ressembler un jour. Il faut voir comment elle s'est maquillée, c'est vraiment n'importe quoi, elle aurait dû mettre ses lunettes, c'est pas du maquillage, c'est du barbouillage. Elle s'est mis un paquet de rouge d'un côté, on dirait une tomate, et rien sur l'autre joue, elle a dû oublier, ça lui fait une tête asymétrique. Et puis la poudre au-delà d'un certain âge, il vaut mieux éviter, ça pénètre dans les petites rides, ça accentue l'aspect parcheminé de la peau.

Mais de quoi je me mêle, elle fait ce qu'elle veut, et puis, quand on la regarde bien, elle est plutôt mignonne, et émouvante. Elle me fera passer par toutes les couleurs de l'arc-en-ciel, celle-là. Attention, alerte, ma gorge se serre et mon cœur bat un peu trop fort, il va me faire pleurer maintenant, ce clown tragique, allez, regarde ailleurs.

Ah, je ne l'avais pas vu celui là, elle n'est pas si seule, elle a son chien avec elle, qu'il est mignon, petit et trapu. Un vrai bâtard, ça devient rare de nos jours, surtout à Paris.

Elle commande un café et un croissant, sa voix tremble un peu, il pourrait être plus sympa, le garçon, avec elle, il lui demande de répéter d'un air vaguement agacé, on a toujours l'impression qu'ils méprisent la terre entière, ceux là ! Elle vit seule, c'est évident, sa voix est faible, elle ne l'utilise pas souvent, elle doit monologuer en sourdine, mais parler pour être entendue, on sent qu'elle a perdu l'habitude, je pourrais peut être lui conseiller d'aller voir ma psy.

Le chien pousse un aboiement, elle semble sortir de sa torpeur. Elle lui donne un bout de croissant, puis une conversation s'engage avec lui au sujet du sucre qu'il aura, ou qu'il n'aura pas, car « ça fait pleurer les yeux », le chien insiste, piétine, lance de nouveau un cri bref. Elle lui donne le morceau de sucre en l'engueulant un peu ; il l'avale sans le croquer, quel glouton, et je peux vous dire qu'il se fout des remontrances. Maintenant, il engloutit les trois quarts du croissant, qu'il n'a pas réclamé, petit morceau par petit morceau. Elle n'a rien mangé, elle devrait faire un effort, elle est trop maigre, mais là, je n'ai rien à dire, c'est aussi pour ça que je vais chez ma psy deux fois par semaine, il paraît que je fais de l'anorexie. Pourtant, je vous jure que j'ai un bourrelet, là, sur le ventre, c'est vraiment moche. Quand j'ai dit ça à la Dame en question, elle m'a dit que je délirais, elle a failli m'hospitaliser, alors maintenant j'en parle, mais avec précaution, je me méfie un peu des retombées.

Quel drôle de couple, la vieille est lente, décharnée et triste, le chien est robuste, pétillant d'insolence. Je suis convaincue que c'est lui qui la maintient en vie, il a une énergie débordante. Et surtout, ils s'aiment, ils se lancent des œillades énamourées, même quand ils s'engueulent.

Elle se lève, lentement, lui est déjà sorti de la brasserie, le nez en alerte.

Non, ne partez pas si vite tous les deux, j'aime tellement vous regarder. Ne me laissez pas, je me sens si seule.

Elle ne me voit même pas, elle ne voit plus personne, elle n'attend plus rien des autres, je la comprends, moi non plus.

Le chien se met à galoper sur le trottoir, les passants le regardent, amusés. Un gosse qui braillait la bouche grande ouverte s'arrête brutalement de pleurer, le suit du regard et se met à rire en le voyant lever la patte sur la vitrine d'un magasin. Le commerçant fait la gueule, mais le petit, qui a encore de grosses larmes qui coulent sur les joues, va vers lui pour essayer de le caresser.

Un chien, j'en rêve, un poilu aux yeux tendres, mais ma maniaque de mère a toujours refusé, pensez donc, ça met des poils partout, ces animaux-là, et en plus, ça marche avec quatre pattes, elle doit penser que ça salit deux fois plus que les bipèdes.

Elle est irrécupérable, et on voudrait que je sois normale, en attendant, c'est moi qui vais chez la psy.

La vieille marche à petits pas, personne ne la voit. Toutes les têtes se tournent vers le chien. C'est étrange. Comme si elle était invisible.

Le chien

Je suis son point d'ancrage dans la vie, et depuis notre rencontre, sans vantardise, c'est moi qui la conduis vers son avenir.

Mais en ce moment, je sens que ses forces déclinent, alors pour la garder en vie le plus loin possible, chaque jour je l'oblige à sortir, à marcher, je veux qu'elle rencontre d'autres humains et j'insiste pour qu'elle s'arrête dans cette brasserie, sur le chemin du retour.

Je fais semblant de raffoler des croissants, ce n'est vraiment pas ce que je préfère, mais j'ai trouvé ce truc pour l'inciter à s'installer à la terrasse du bistrot, et chaque matin, elle savoure un bon café, ça lui donne du tonus.

Je ne suis pas le premier chien de sa vie, elle a eu beaucoup d'autres expériences avant moi, à son âge, elle a vécu...

Les photographies des autres chéris sont toutes installées sur le buffet, dans l'ordre. Petite fille en robe blanche qui enlace tendrement son loulou blanc par le cou : techniquement, ce n'est pas une très bonne photo, trop de blanc, mauvaise lumière, mais c'est la plus attendrissante de toutes. Elle pose un peu, mais c'était la mode de l'époque, par contre, je peux vous dire qu'il n'y a rien de surfait dans la complicité qui existe entre ces deux-là, je serais presque jaloux, enfin, vous connaissez tous, le premier amour...

Je ne ferai aucun commentaire sur la photo suivante, celle que j'appelle « histoire d'une trahison » : mademoiselle sur un fauteuil, en train de caresser un matou obèse! Bon, je passe.

Sur celle-ci, j'ai du mal à la reconnaître, elle ne m'aurait pas plu à cette époque, elle joue les femmes fatales, cheveux blond platine, faux cils, décolleté vertigineux, et vous ne me croirez pas, un long fume-cigarette entre deux doigts, la main à hauteur du visage, et de l'autre main, madame tient une laisse, avec devinez quoi au bout? Un horrible bouledogue, il est moche, heureusement, il n'a pas vécu longtemps, celui-là.

Ah, la suivante, je l'adore, son mari lui tient l'épaule tendrement, et elle porte Pépette dans ses bras, ils ont l'air heureux tous les trois, j'ai vraiment un faible pour les photos de famille. Elle a changé de monde et de chien, elle a bien fait, elle est tellement plus jolie avec ses cheveux châtains un peu flous, c'est la quarantaine épanouie, et cette Pépette, qu'elle est petite ! J'ai l'impression qu'on est de la même race tous les deux, en tout cas c'était une sacrée battante, elle est morte à dix-huit ans !

Sur les photos suivantes, nous commençons à aborder des temps plus difficiles, voici le premier chien du veuvage, un caniche bien sûr, je les déteste, ces frisottés qui ont peur de tout. Je l'excuse, elle était triste et ces chiens-là sont toujours larmoyants, elle a cru qu'il la comprendrait bien. En fait, je suis convaincu que c'était un sale égoïste, et vaniteux avec ça, regardez-le poser avec son air hautain !

Après le beau frisé, elle est restée quelques années sans chien, on peut comprendre pourquoi...

Les gens qu'elle aimait ont commencé à disparaître : quand sa sœur est morte elle a eu du mal à s'en remettre, ses souvenirs d'enfance sans Madeleine n'avaient plus la même saveur, c'est tout une partie d'elle-même qui disparaissait.

Elle a immédiatement adopté sa chienne Zaza, qu'elle n'aurait confiée à personne, quand je vous dis que c'est quelqu'un de bien.

Elle m'en parle souvent, de Zaza, elle sourit en évoquant ses manies qui lui rappelaient les manies de sa sœur. C'était déjà une vieille chienne quand elle l'a recueillie, et elles n'ont vécu ensemble que dix-huit mois.

Il n'y a aucune photo d'elles sur le buffet.

Et puis me voici, moi, je ne suis pas très beau, mais j'ai du charme, j'attire les regards, je le vois bien.

Je viens d'un refuge SPA, mais je n'ai pas envie de parler de ma vie d'avant, l'enfer, ça ne se raconte pas.

Avec elle c'est le bonheur, mais beaucoup de responsabilités aussi, il faut que je la surveille constamment.

Elle se plaint souvent de son âge, elle dit que les humains ne supportent pas les vieux. J'ai bien du mal à comprendre, elle est vieille, oui, et alors ?

Qu'est-ce que ça change ? Elle est toujours très douce avec moi, et avec ses congénères aussi d'ailleurs. Et puis intellectuellement, c'est toujours une pointure, je le vois bien aux livres qu'elle choisit à la bibliothèque, elle a une culture immense, en musique aussi, elle connaît tout de l'opéra. Moi, ces grands airs, je dois avouer qu'ils me fatiguent un peu, surtout quand le baryton et la soprano au paroxysme de leur amour impossible crient un peu trop fort pour mes oreilles sensibles... Mais quand elle se met à chanter avec eux de sa petite voix qui chevrote, alors je fonds, littéralement.

Elle dit qu'on devient moche en vieillissant, moi je la trouve toujours aussi jolie, surtout quand elle est maquillée. J'insiste pour qu'elle se pomponne avant nos promenades, elle a remarqué que j'aboyais de contentement, alors elle le fait, enfin pas tous les jours, mais souvent, et je sais que c'est pour me faire plaisir.

Vous ne pouvez pas imaginer à quel point elle peut être drôle, elle a un humour décapant, mais elle n'est jamais méchante.

Et à quel point elle peut être triste parfois, surtout certains soirs. La fin du jour l'angoisse, elle a peur de la nuit, elle dit qu'elle se sent seule, ce qui m'attriste un peu, je suis là, moi. Je lui fais un bisou sur les mains, je me frotte contre ses jambes, bon, ça va mieux, elle se détend en me disant des mots qui m'envoient au septième ciel : « Comme tu es mignon, toi, heureusement que je t'ai ».

Pour échapper à la nuit, elle va se coucher très tôt, mais ça ne sert à rien, car elle se réveille deux heures plus tard, et ensuite, elle ne peut plus dormir. Elle allume, ça me gêne un peu, mais je ne dis rien.

Certains soirs, je fais semblant d'avoir envie de pisser, lorsque je vois qu'elle se dirige vers sa chambre un peu trop tôt. Elle prend un air affligé, en me disant : « Mais tu as fait pipi il y a une heure! ». Elle n'est pas contente, mais je m'en fous, ce dernier petit tour dans la rue, ça fait une demiheure de gagnée...

Depuis le début de l'automne, quelque chose en elle a changé, elle décline, je sens qu'elle va mourir bientôt. J'ai peur pour elle, pour moi. Elle me dit de ne pas m'inquiéter, qu'elle a tout prévu.

Après sa mort, je serai accueilli par une voisine qui m'aime bien, elle est sympa, Sylvie, mais un peu snob, je sens qu'avec elle je n'échapperai pas aux colliers écossais et aux manteaux l'hiver, mais je l'ai prévenue, hein, pas de vêtements de marque sur un bâtard !

Le soir tombe vite en novembre, moi, ça me plaît, j'aime cette légère brume qui enveloppe la ville, et le calme de nos soirées rythmées par le tic-tac de l'horloge.

Je te regarde, tu es fatiguée, si mince, si pâle, si fragile. Tu as raison, on ne sait jamais ce qui peut se passer la nuit, alors je crois que le moment est venu de te le dire : le grand amour de ma vie, c'est toi.

La vieille

Il adore trottiner devant moi, il sent que je le surveille, de temps à autre il se retourne pour s'assurer que je suis toujours là, ça le rassure, il n'a pas l'air comme ça, mais c'est un anxieux.

La laisse ? Pas question, il déteste, dès que je la lui mets, il s'immobilise, on dirait un âne !

Je n'ai pas très envie de boire un café ce matin, mais il aime tellement quand je fais une pose ici, regardez-le, planté devant la porte de la brasserie, il piétine d'impatience. Mais oui, j'arrive !

Je suis en retard aujourd'hui, j'ai un peu traîné pour me préparer, je me sens un peu fatiguée en ce moment.

Le garçon m'indique une table. Ah non, surtout pas cette table face au miroir, depuis quelques années je les tiens à distance, je n'arrive pas à admettre que cette vieille, là, toute fripée, c'est moi, je ne me reconnais plus. Étrange, cette sensation d'être une autre.

Ah ! Voici le café et le croissant, je vais faire semblant d'en manger un petit morceau, mais je n'ai pas faim, tiens le chien, doucement, essaie de manger discrètement. Le patron est fier de ses viennoiseries, qu'il considère comme les meilleures de Paris, il serait vexé de voir que c'est un chien qui les apprécie le plus. Et certains clients me critiqueraient, pensez donc, donner un croissant à un chien, alors que certains meurent de faim, enfin, vous connaissez le refrain.

Alors, je fais ça en catimini, quoique aujourd'hui il faut que je fasse attention, il y en a une qui me lance des œillades avec un drôle d'air. Il y a bien longtemps que personne ne m'a regardée de cette façon, quand on vieillit on devient invisible. Parfois c'est pratique, le bon côté, c'est que l'on peut observer les autres tout à loisir, les dévisager, et même les écouter échanger des secrets torrides : ne croyez pas qu'ils baissent la voix si je m'approche, ils ne me voient pas, c'est comme si je n'existais pas.

Benoîte Groult dit : « C'est le temps des découvertes, la vieillesse, encore plus que la jeunesse », c'est vrai. Je ne savais pas qu'il me restait encore tant de choses à découvrir...

Pourtant, après tout ce que je viens de dire, ça me gêne qu'elle me fixe avec cette intensité, cette gamine. Voilà qui j'intéresse, une pauvre petite chose frêle au regard tragique.

Tu n'as pas besoin de me parler, je sais qui tu es, j'étais prof au lycée Paul Bert. Les ados comme toi, je les repérais au premier coup d'œil à la rentrée. Plus subtils, plus graves, inévitablement solitaires. A travers les textes littéraires que je choisissais pour eux, je l'avoue, et les thèmes des dissertations, j'en ai aidé plus d'un, plus d'une, à réintégrer la meute ricanante de la classe. Avec un certain regret parfois.

Je préfère me détourner complètement pour ne plus la voir du tout. Je ne veux plus parler aux autres, je sais à l'avance ce qu'elle pourrait me dire, et le ton qu'elle aurait, le ton qu'ils prennent, tous, pour parler aux enfants, aux vieux et aux animaux.

Merci bien, garde-la, ta compassion.

Il n'y a que mon chien qui me considère comme un être humain normal.

Mais je ne veux pas le décevoir, je sens que je faiblis, depuis peu, ma mémoire donne les premiers signes de défaillance.

J'ai tout accepté, même si ça n'a pas toujours été facile, les rides, les muscles qui s'avachissent, les articulations qui s'ankylosent, j'ai même admis de devenir invisible.

Mais les gens qui ne se souviennent plus n'ont ni passé, ni avenir, je ne veux pas vivre dans un éternel présent, seuls les souvenirs et les projets donnent une cohérence à la vie.

Il est temps d'appuyer sur la touche étoile. Je laisserai un mot à Sylvie, pas trop long, je sais qu'elle sait.

Mais pourquoi me fixes-tu ainsi ce soir ? Toi aussi tu sais ? Tu es mon dernier chien, il fallait bien que ça arrive un jour, tu as raison, ce n'est pas toujours la position la plus confortable, mais tu verras, Sylvie est une fille épatante.

LA POUPEE

Comme tous les matins en se réveillant, Berthe tendit la main vers Mélie pour la caresser, la sortir doucement du sommeil. Une angoisse violente la secoua, quand elle s'aperçut que Mélie n'était plus à ses côtés. Elle sortit de son lit avec difficulté, chaque muscle de son corps tétanisé par la peur devenait douloureux. « Mon Dieu ! » se dit-elle, « Elle a dû tomber du lit dans la nuit ». Elle se pencha et donna un coup d'œil circulaire vers le sol. Mélie n'était pas sur le carrelage, ce qui soulagea Berthe un court instant, alors elle la chercha partout, dans les moindres recoins de la chambre. Son cœur battait violemment dans sa poitrine, elle suffoquait : « Où est la petite ? » cria-t-elle.

Sa voisine était dans son lit, immobile, muette, les couvertures remontées jusqu'au nez. Sans bouger la tête, elle suivait les déambulations de Berthe et lorsque celle-ci capta son regard venimeux, la vieille détourna son visage vers la fenêtre entr'ouverte.

Berthe, chancelante, suivit l'injonction du regard et se dirigea vers la fenêtre qui laissait entrer un froid humide.

En ce matin d'octobre, une légère brume flotte sur les bosquets du jardin encore envahis d'ombre. En se penchant Berthe ne voit tout d'abord que leur ligne ondoyante. Ses yeux s'adaptent lentement à cet environnement flou et quasi irréel que nous offrent certains matins d'automne. Par petites touches roses, une forme apparaît, se dégage du paysage laiteux, c'est la robe de Mélie.

Le monde chavire, les bâtiments de l'hôpital sont des géants mouvants et menaçants qui hurlent et gesticulent. Eux aussi ont aperçu Mélie qui gît sur la dalle de carreaux de l'allée centrale. Des éclats de porcelaine jonchent le sol.

Sous la violence de cette vision, Berthe la silencieuse hurle de douleur.

La voisine se recroqueville dans son lit et protège son visage avec ses bras. Elle redoute la colère de Berthe, mais elle ne regrette rien, car la haine qu'elle lui voue est sans limite. La toute vieille chuchote quelques paroles à peine audibles entre ses lèvres trop minces :

- Je te l'avais bien dit que tu le regretterais un jour, espèce de diablesse !

Berthe s'est agenouillée, non pas pour prier, mais parce que ses jambes ne la portent plus. Autour d'elle, tout disparait, la chambre, la vieille, Mélie et l'hôpital.

Des bras l'enveloppent entièrement, la soulèvent du sol, la bercent en fredonnant une comptine. Sa tête s'enfonce dans une poitrine odorante et généreuse. Comme autrefois, sa mère la couvre de baisers, et ses longs cheveux lui chatouillent le visage. Berthe crie en riant aux éclats :

- Encore maman, encore !

La voisine, surprise, lui lance sur un ton mi-agressif, mi-inquiet :

- Mais qu'est-ce qui te prend, espèce de folle !

- Non, ma mère n'est pas folle et vous n'aviez pas le droit de l'interner, vous l'avez tuée !

Berthe se relève, elle crie, elle n'arrête pas de crier, elle continue de crier en secouant le lit de l'autre de ses grosses mains masculines.

* * *

Berthe vit depuis trois ans dans ce service hospitalier destiné aux personnes âgées en perte d'autonomie, que certains appellent « mouroir ».

Elle déteste les infirmières, les médecins, les aides-soignantes, et tous les vieux qui partagent ces lieux. Berthe déteste la terre entière.

Elle est grande, avec un corps massif que ni l'âge, ni les épreuves n'ont réussi à courber. Seuls certains hommes possèdent des mains aussi puissantes, mains modelées par les travaux les plus durs qu'elle a accomplis pour survivre, sans jamais se plaindre.

Dès son arrivée, elle a refusé tous les contacts, fui les regards et méprisé les paroles que les autres lui adressaient.

Lorsqu'on se fait trop insistant, elle répond de sa voix tonitruante :

- Foutez-moi la paix !

Son regard, méfiant ou menaçant, n'est jamais traversé de la moindre indulgence pour qui que ce soit. D'ailleurs, la plupart du temps, elle ne semble même pas voir les autres. Si quelqu'un se trouve sur son passage, elle ne ralentit pas, ne contourne pas, elle bouscule, et poursuit son chemin sans se retourner. Aucune compassion, même pour les plus handicapés. Quant à ceux de l'extérieur, leurs drames quotidiens rapportés par les images télévisées ne la touchent pas davantage.

Elle ne parle pas, elle marmonne dans son coin des mots qui n'ont rien à voir avec les prières que débite toute la journée Madame Lafarge, cette femme très douce qui a tout oublié, sauf les « Pater Noster » et les « Ave Maria ».

Pourtant depuis quelques semaines le cœur de Berthe se réchauffe, après quatre-vingts ans d'hibernation.

Dans le service, nul n'a jamais su d'où venait cette poupée joufflue aux yeux bleus, abandonnée sur un des sièges de la salle à manger, non loin de la place de Berthe. Ce jour-là comme à l'accoutumée, elle s'est assise pour déjeuner sans saluer ses voisines et a commencé à manger. Sur le côté, une tâche rose inhabituelle lui tire le nez de son assiette. Elle tourne la tête et s'arrête de mâcher, subjuguée par les yeux de porcelaine qui la fixent. Une chaleur bienfaisante l'inonde, lui donne envie de rire et de pleurer. Entre cette femme sans ombre et cet ersatz d'être humain, c'est aussitôt l'amour fou. Berthe se lève, prend le poupon dans ses bras et le berce doucement sous le regard médusé des vieux et des vieilles.

* * *

Mais ce matin-là, Berthe pousse des cris déchirants et l'infirmière, alertée, arrive en courant. Elle entre dans la chambre et après avoir jeté un regard par la fenêtre, toujours ouverte, elle s'approche de Berthe et lui dit avec douceur :

- Ne vous inquiétez pas, Mélie est blessée, mais je vais la soigner et ce soir, elle dormira de nouveau auprès de vous.

Fabienne connaît bien l'histoire de Berthe, et elle est tragique, cette histoire. Fabienne n'a plus jamais osé relire le contenu de ce dossier, et quand elle l'aperçoit, classé parmi les autres, elle est parcourue d'un frisson glacé.

Berthe. Sa mère l'élevait seule pendant la première guerre mondiale, et son père n'était pas un héros qui se battait sur le front. D'ailleurs ce père, elle n'a jamais su qui il était, sa mère n'a pas eu le temps de lui en parler, elle était si petite... Peut-être l'aurait-elle fait un jour ?

A cette époque la vie était particulièrement dure et la jeune mère, très fragile. Il paraît que les contrastes s'attirent, mais lorsque l'air chaud rencontre l'air froid, les orages éclatent. La tourmente qui emporta la jeune femme et sa petite fille fut d'une extrême violence.

« Drame de la folie », ce titre avait fait la une du journal de la région. Cette enfant qu'elle adorait, ce soir- là, elle l'avait projetée dans les airs en lui disant : « Envole-toi, mon ange ! », persuadée qu'elle atteindrait les cieux et qu'elle pourrait échapper à l'horreur de ce monde.

La petite fille survécut et grandit dans un orphelinat, stigmatisée par cette cicatrice en étoile qui depuis s'étend sur toute la largeur de son front, frappée du sceau de la folie de sa mère.

Quant à Jeanne la folle, elle mourut peu de temps après ce drame, à l'asile, sans avoir revu sa fille.

* * *

Dans l'après-midi, la jeune infirmière, s'approche du lit de Berthe, tenant Mélie dans ses bras. Berthe est allongée, immobile, les yeux clos. Elle a refusé de s'alimenter à midi, et Fabienne n'a pas insisté. Elle appelle la vieille femme par son prénom : « Berthe... ». La gisante au visage ingrat ne bouge pas, mais Fabienne insiste.

- Berthe, regardez, c'est Mélie...

La vieille semble sortir de sa torpeur.

- Elle va bien, mais elle a une cicatrice sur le front, comme vous, elle vous ressemble maintenant...

La vie revient, et la vie est douce. Pour la première fois depuis la mort de sa mère, Berthe sourit à un être humain.

Fabienne pose Mélie contre elle, et en se penchant, elle embrasse Berthe sur la joue. Berthe rit en disant :

- Vos cheveux me chatouillent !

Fabienne savait que sa poupée préférée de petite fille, précieusement conservée comme un talisman, avait gardé le pouvoir, comme autrefois, de vaincre les maléfices.

En offrant cette poupée, elle offrait le meilleur d'elle-même, la part la plus précieuse de son enfance.

Fraîcheur de la jeunesse qui croit encore qu'un don de soi porte les fruits de la rédemption.

HISTOIRE DE MICHAEL

Bonjour Michael.

Hier, dans le train qui me ramenait en Touraine, j'ai beaucoup pensé à toi, toi, l'enfant que j'étais. Et cette nuit, je n'ai pas très bien dormi.

Je sais que tu n'aimes pas que je rabâche le passé, mais là, je n'ai pas pu l'éviter, il a surgi par surprise, alors que j'étais installé au comptoir d'un bistrot à la gare Montparnasse, en attendant l'heure du départ.

Quel âge avait-il ce garçon ? Seize ans environ, il avançait d'un pas chaloupé, casquette à l'envers, quand soudain, comme sortis d'un téléfilm américain, trois inspecteurs en civil l'ont empoigné. Il s'est mis à gigoter dans tous les sens, comme un nouveau-né affamé. Son petit corps maigrelet flottait dans ses vêtements, et semblait leur glisser entre les mains pendant qu'ils le fouillaient. Il a protesté, sans conviction :

« Lâchez-moi, merde, n'allez pas me mettre au trou pour un peu de shit ! » Il avait une voix d'enfant.

- « Et ça, c'est quoi ? De la poudre de sucre pour mettre dans ton lait ? » a ironisé sèchement le grand black, en exhibant un paquet caché dans la doublure de la casquette. L'adolescent a poussé une plainte lorsque les deux autres, un jeune au crâne rasé et un rouquin bedonnant, l'ont écrasé sur le sol pour lui passer les menottes. Le groupe s'est dirigé rapidement vers la sortie, je voyais le flot des voyageurs s'écarter sur son passage, puis les têtes se retourner dans un mouvement synchrone, comme dans un ballet bien ordonnancé. Je suis resté à l'affût, j'avais besoin de les accompagner, jusqu'au bout. J'ai entendu la sirène du véhicule de police mugir, s'éloigner, et se noyer dans le vacarme parisien.

La scène avait duré deux minutes. A côté de moi, un barbu rougeaud et jovial a lancé : - « Ils auraient tort de chercher du boulot, avec leur trafic, ils se font des couilles en or... » Le garçon de café a approuvé en ricanant. J'avais hâte de retrouver Chinon, mon atelier, mes chats.

Dans le TGV j'ai fermé les yeux. Je sentais ta présence à mes côtés.

Toi, tu n'as jamais résisté, jamais nié, et devant le juge des enfants déconcerté, tu répondais : « Je reconnais ma culpabilité », avant de t'isoler dans un mutisme inviolable.

La première incarcération. Ce n'était pas ce doux balancement des wagons, mais les secousses d'un fourgon de l'Administration Pénitentiaire, qui filait vers Fleury-Mérogis. Menottes aux poings, tu regardais le paysage défiler à travers les barreaux d'une minuscule fenêtre. Un peu plus tard, une lourde porte s'est refermée derrière toi en claquant, et tu as failli vomir en respirant les odeurs de crasse et de sueur incrustées dans les murs de la cellule. Mais tu n'étais pas désespéré : la haine que tu secrétais était le meilleur des remèdes contre la douleur. Elle te poussait même vers le chemin de la prison, avec l'idée obsédante d'y retrouver cette bête immonde : la Brute.

Ne prends pas cet air distant lorsque j'évoque cette période, accepte de refaire la route à l'envers, toute la route, il faut que tu m'aides, je ne peux plus rester figé dans cet espace restreint, où la peur du passé égale celle de l'avenir.

Tu vois ce buffet en merisier que je viens de restaurer, c'est un meuble comme tu les aimes, d'une beauté rustique, prêt, de nouveau, à affronter les aléas de la vie. Je l'ai récupéré au fond d'une grange, c'était un tas de planches disloquées que le fermier voulait découper pour sa cheminée. Tu ébauches un sourire narquois en haussant légèrement les épaules. Oui, je sais, elle est un peu grossière, ma comparaison, pardonne-moi, avec le temps, l'imagination s'alourdit, et j'ai maintenant du mal à rivaliser avec toi. « Cet enfant est d'une intelligence redoutable » disaient-ils, sans se rendre compte que l'adjectif transformait la qualité en défaut. Ils sont si maladroits, ces professionnels...

Ici, tout est calme, il fait bon, peut-être un peu chaud, mais l'air orageux exalte les parfums du bois et de la cire.

Raconte Michael, les vieux démons se nourrissent de notre silence, il n'y a que les mots qui ont le pouvoir de les traquer.

* * *

Ma mère détestait tous les humains de la terre, mais elle vouait à ses chats une véritable adoration. Elle les câlinait, les choyait, les appelait d'une voix douce dont ils avaient l'exclusivité. Son préféré était un gros rouquin qu'elle avait baptisé « Poussin », à cause de sa fourrure qui virait au roux cendré. Je me demandais pourquoi elle l'aimait autant, cette horreur de castrat obèse, qui ne bougeait pas le moindre poil à l'appel de son nom, d'une indifférence sidérante, même lorsqu'elle le caressait. Il marchait d'une façon poussive sans rien perdre de son air hautain, pour aller du canapé au lit, du lit au canapé, en faisant régulièrement un petit détour par la cuisine pour aller dévorer goulûment sa pâtée ou ses croquettes.

Les autres, c'était Noiraud et Grisette : ma mère les avait trouvés un soir d'été dans une boîte en carton, près d'une poubelle, minuscules et moribonds. Quand elle les nourrissait au biberon avec des gestes tendres, je me demandais souvent si elle m'avait un peu aimé, lorsque j'étais, comme eux, petit et vulnérable.

Ils avaient bien survécu, ces deux là, Noiraud était un débile heureux, un rien le faisait rire, et à six ans, il jouait encore comme un chaton. Grisette était menue, vive, subtile, je lui tirais rarement la queue, à celle-ci, mais je résistais à ses assauts de tendresse quand elle s'approchait de moi en ronronnant. Pourtant, lorsque je la voyais laper son lait à petites gorgées en fermant ses yeux de plaisir, une émotion sans nom me faisait fuir.

J'ai bien du mal à la nommer, cette femme du Nord, dure à la tâche, qui travaillait à la chaîne dans un atelier, sans jamais se plaindre. Avec son petit salaire, les fins de mois étaient difficiles, elle me le rappelait durement lorsque j'osais lui demander un peu d'argent pour m'acheter du coca ou des bandes dessinées. Pourtant, elle choisissait pour ses chats les terrines les plus raffinées, avec double ration pour son chouchou ; ça me révulsait, tout ce fric qui passait dans cette machine à faire du gras, je le détestais, ce bouddha ventru.

Un jour où il s'installait près de moi sur le canapé-lit en faisant comme si je n'existais pas, je l'ai repoussé rageusement : « Déguerpis de là, gros tas ! » Il m'a griffé le bras en profondeur avec un cri sauvage qui a alerté ma mère. Elle a couru jusqu'au salon et a failli me gifler, mais sa main est retombée ; alors sur un ton étrangement calme, mais conduit par une voix glacée qui continue de me faire frissonner, elle a dit en me fixant : « Tu es bien le fils de ton père, espèce de brute, tu finiras comme lui ». Quelle haine dans son regard au moment où elle prononçait ces mots ! Pendant quelques secondes, dans ses pupilles dilatées par la colère, j'ai vu passer l'ombre d'un homme hideux auquel je ressemblais. C'était la première fois qu'elle me parlait de « lui », et ce jour là, j'ai compris pourquoi elle ne m'aimerait jamais. Quoi que je fasse, je n'étais jamais arrivé à lui tirer la moindre parole de tendresse ou le plus petit compliment. Parfois, probablement consciente de sa dureté, elle tentait une caresse dans mes cheveux coupés en brosse, ou m'effleurait le front de ses lèvres ; encouragé, j'essayais alors de me blottir dans ses bras, mais son corps se raidissait, je sentais bien que tout son être me repoussait.

Après cet événement, tout a basculé. J'étais un enfant turbulent et moqueur, mais j'adorais l'école et mes copains, qui me le rendaient bien. Je suis devenu un adolescent solitaire et violent.

Ce père se matérialisait soudain et s'implantait dans ma vie, il était là constamment, à mes côtés, sombre présence que je haïssais, mais qui me rendait invulnérable. Je me persuadais que quoi qu'il arrive, quoi que je fasse, « la brute » serait là pour me défendre. J'ai glissé doucement vers un monde dont je pressentais l'obscurité, il m'aspirait, et je m'y suis laissé engloutir avec une délectation morbide.

Les professeurs ne comprenaient pas ce qui se passait: j'étais pris d'accès de colère qui devenaient inquiétants, et mes résultats scolaires chutaient. Les uns après les autres, ils convoquaient ma mère. Sur le chemin du retour, pas un sermon, pas un reproche, pas un mot, même lorsque j'ai été renvoyé du collège pour avoir réglé un litige à coups de poings. Que pouvait-elle me dire?

Peu de temps après, elle s'est suicidée. J'avais treize ans. Ce jour-là, je devais rejoindre ma tante, l'institutrice, à la gare du nord, pour passer quelques jours avec elle à Bruay-en-Artois. Mais au dernier moment, je me suis défilé, et je suis rentré à la maison.

J'ai d'abord cru qu'elle somnolait sur le canapé, entourée de ses chats. Elle tenait la Grisette contre sa poitrine comme on tient un bébé, et les deux autres dormaient tout à côté, en la frôlant. Elle était nue sous sa robe de chambre bleue, je l'ai remarqué tout de suite, car l'étoffe était légèrement entr'ouverte et je percevais l'ombre de son sexe. Gêné, j'ai détourné mon regard et quand mes yeux, en se levant, se sont posés sur son visage, si pâle... Je me suis jeté sur elle et je l'ai secouée par les épaules pour la réveiller, mais très vite, j'ai lâché prise, car son corps était déjà raidi par la mort, et ce contact m'a révulsé. Alors une main invisible m'a saisi à la gorge avec une violence inouïe, comme si elle voulait m'étrangler, j'avais mal, je suffoquais, et le cri, qui ne pouvait s'échapper de mes lèvres, a explosé à l'intérieur de mon cerveau, en y laissant des milliers d'éclats d'effroi et de désespoir.

Je suis resté prostré pendant des heures avant de pouvoir murmurer:

«Pourquoi tu m'abandonnes, pourquoi eux et pas moi? Je t'en prie, maman, arrête de dormir, je te promets, je ne ferai plus jamais de bêtises, maman, maman, je t'en prie, ne me laisse pas seul.»

Plus tard, j'ai compris que Grisette avait probablement été la dernière à mourir, et que ma mère avait accompagné son agonie en la tenant dans ses bras, avant d'avaler le poison qu'elle avait administré à ses animaux.

Pendant des années, dès que j'apercevais un chat, mon cœur s'emballait, ma vue se troublait et je devais faire un grand détour pour l'éviter. Il paraît que ça s'appelle une phobie, c'est ce que m'ont dit tous les psychiatres que j'ai rencontrés en prison.

* * *

Le vent se lève et le ciel s'obscurcit. Je m'approche de la fenêtre ; le jardin commence à frémir, et la Vienne devient couleur ardoise, comme les toits de cette ville que j'ai aimée au premier regard.

Continue Michael, il ne faut pas que l'histoire s'arrête là, l'avenir a besoin d'un peu d'espoir.

* * *

Le surveillant a ouvert la porte de ma cellule en beuglant: «Leroux,parloir!». Elle était là, elle avait répondu aussitôt à mon appel. Je l'ai imaginée, bousculée par la foule bigarrée qui se presse devant les portes, juste avant leur ouverture, confrontée aux rituels de sécurité vexatoires du monde carcéral.

J'ai descendu les trois étages en sifflotant, histoire de me donner du courage, car j'étais tenaillé par le trac, et je sentais des pulsations battre dans tout mon corps. Un gradé m'a arrêté, en me demandant de me taire et d'enlever les mains de mes poches. J'ai pensé: «Pauvre con, tu crois que c'est ici qu'on va apprendre les bonnes manières...»

J'ai eu un coup au cœur en l'apercevant. Sur une photo, on aurait pu la prendre pour sa jumelle, mais dès qu'elle m'a reconnu, son visage s'est illuminé, et la ressemblance a disparu.

Nous étions assis face-à-face, séparés par un petit comptoir de bois.

C'est elle qui a osé prononcer les premiers mots.

- Je suis tellement heureuse de te revoir, après toutes ces années... Heureuse, et... impressionnée ! Tu étais un enfant et maintenant... Comme tu es grand !

Elle avait une voix douce.

Le silence s'est installé, j'avais la gorge nouée, je sentais que si je me mettais à parler, je prenais le risque d'éclater en sanglots.

Arlette a senti mon trouble, et elle a posé sa main sur mon bras en murmurant :

- Michael, ça va ?

- J'ai honte, si tu savais...

- Je ne suis pas venue ici pour te faire une leçon de morale, mais pour le plaisir d'être avec toi.

- J'ai tellement besoin de parler, de savoir. Seul, je ne m'en tire pas, je n'arrive pas à me raconter mon histoire, je n'arrive pas à comprendre, à comprendre pourquoi... pourquoi je reviens sans cesse dans ce lieu infect. Je m'y vautre, et à chaque fois, je me déteste un peu plus.

- Ta vie aurait pu être tellement différente. Pourquoi astu refusé ?

- Je t'aurais déçue, toi ausi.

- Ce sont les adultes qui déçoivent, pas les enfants. Tout le monde a essayé de te convaincre, le juge, les psychologues, les éducateurs, et puis... il y avait la lettre de ta mère.

J'ai de nouveau senti mon cœur battre comme un fou, mais je n'ai rien dit, j'ai fait comme si je savais.

- Je la relis souvent. Postée le matin de sa mort ! Elle ne donne pas beaucoup d'explications, elle dit simplement qu'elle est lasse, qu'elle n'a plus la force de continuer.

- Elle a oublié que j'existais...

- Non, elle parle longuement de toi, elle t'observait, beaucoup, et elle te connaissait bien. Cette lettre, elle pensait que nous la lirions ensemble, un jour. Ce n'était pas une femme facile, mais elle t'aimait, à sa façon, mal probablement, mais je crois que personne ne sait aimer différemment.

- Abandonner un enfant de treize ans...

- Tu parles d'abandon, elle, de loyauté.

J'ai senti quelque chose vaciller au plus profond de moi, quelque chose qui ébranlait autant mes certitudes que mes doutes, qui me mettait en danger.

Elle a hésité un instant avant de poursuivre.

- Il faut que je t'avoue... Sa mort m'a bouleversée, mais je n'ai pas été surprise, elle était tellement fragile sous sa carapace, c'était comme si je savais depuis toujours... Le plus difficile pour moi, c'est de te parler de ce que j'ai éprouvé lorsque j'ai lu qu'elle me demandait de t'accueillir, de veiller sur toi. J'ai aussitôt imaginé la vie que nous aurions, ensemble, et j'ai éprouvé une joie immense, qui absorbait tout mon chagrin.

Elle a chuchoté :

- Pourquoi tu n'as pas voulu ? Tu es là, et moi je vis dans un désert.

Nous sommes restés silencieux un long moment. Pour lutter contre la vague de tristesse qui s'abattait sur moi, je me suis mis à compter les secondes en suivant des yeux la trotteuse de la grosse horloge murale, puis j'ai fixé une araignée qui passait devant le cadran, et descendait le long du fil par petites saccades, avec l'élégance d'une acrobate.

Elle est sortie de sa torpeur quand je lui ai demandé :

- Et mon père ?

- Elle t'a parlé de lui ?

J'ai ébauché un vague signe de la tête, qui pouvait signifier oui, aussi bien que non.

- Il y a si peu de choses à en dire, c'est une histoire d'une telle banalité ! Séduite et abandonnée... Il était beau parleur, léger, instable, et elle, tout le contraire. Il a disparu du jour au lendemain, quand il a su qu'elle était enceinte.

- Et...

- Et ?

- Tu sais dans quelle prison il a fini ?

Arlette a levé les yeux vers moi, étonnée.

- Mais ton père n'a jamais fait de prison ! Il a une vie des plus banales, il travaille, je sais qu'il est divorcé et qu'il a eu plusieurs enfants. Je l'ai aperçu un jour dans un magasin, et je l'ai observé, de loin ; il est toujours le même, sauf que le jeune bellâtre est devenu un vieux séducteur un peu ridicule, de ceux qui lancent des œillades énamourées à des jeunes femmes qui ne les voient même pas. Si tu veux, je peux te donner...

- Non, il arrive trop tard.

Un surveillant qui faisait les cent pas a annoncé qu'il ne restait plus qu'un quart d'heure. Alors elle m'a dit, avec une soudaine fixité du regard :

- Je vais mourir bientôt, un cancer, un mauvais, je n'en ai plus pour longtemps.

De son sac elle a sorti une enveloppe.

- C'est la lettre de ta mère.

* * *

Quelques instants plus tard, je suis repassé par la fouille, le portique, les mêmes surveillants, mais rien n'était plus pareil. J'avais l'impression de me déplacer dans un monde que je ne reconnaissais pas, onirique, les sons et les couleurs me parvenaient à travers une brume épaisse. Je me suis jeté sur ma paillasse, et j'ai plongé dans le sommeil.

Je n'ai pas entendu mon co-cellulaire rentrer de promenade, je n'ai pas entendu la cassette de reggae qu'il écoutait en boucle. Lorsqu'il m'a secoué, le soir tombait.

- Qu'est-ce que t'as à roupiller comme ça ? T'as pris des cachetons ? Allez, viens bouffer.

- Je n'ai pas faim, j'ai mal à la tête, laisse-moi dormir.

Je me suis réveillé dans la nuit. Il ronflait, avec une certaine douceur, comme un animal familier. J'ai écouté les bruits de la prison : les pas pesants des surveillants qui font vibrer les coursives superposées et résonner les escaliers métalliques ; le brouhaha des chaînes de télé des prisonniers insomniaques et les voix saccadées des jeunes des cités qui se parlent à distance, en criant, d'une fenêtre à l'autre.

J'ai refermé les yeux en serrant l'enveloppe dans ma main, et en me demandant si la loyauté était une déclinaison possible de l'amour.

Derrière mes paupières, mille petits points lumineux multicolores s'affolaient, tournoyaient, clignotaient, et j'étais l'un d'eux, perdu dans cette multitude agitée et incohérente.

* * *

Les chats ne m'angoissent plus, j'ai admis que je les aimais, comme elle. C'est ma seule concession à l'amour.

La « brute » a disparu de ma vie, et je n'ai plus jamais remis les pieds en prison. Pendant toute mon adolescence, je m'étais efforcé de ressembler à un homme qui n'existait pas. Partout où j'allais, son ombre me suivait, et son reflet était là, à mes côtés, lorsque je fixais un miroir ou le regard des autres.

Je constatais avec étonnement que sa disparition laissait un vide en moi, un manque, qui ressemblait étrangement à des regrets. Et il m'a fallu du temps pour comprendre que j'avais eu besoin de créer cette fiction afin d'y projeter toute ma violence, tout ce que je détestais en moi, et que je devais maintenant affronter.

Le roman s'est arrêté là, inachevé, et pendant vingt ans, je n'ai pas eu le courage de l'ouvrir.

* * *

Des éclairs commencent à lacérer un ciel chargé d'encre et de chaleur. La douleur est sourde et lointaine, comme les premiers grondements du tonnerre. Mais rien ne peut plus la contenir, elle est enfouie depuis si longtemps, elle se libère, accourt, enfle, explose. Je sors en courant dans le jardin, elle n'osera pas affronter la folie de ce vent d'orage, qui arrache tout sur son passage. Les feuilles des arbres fruitiers s'envolent, tournoient, entraînant avec elles des fleurs décapitées et un flot de brindilles, dans une ronde folle et échevelée. De grosses gouttes tièdes commencent à tomber, surprises de rencontrer, sur ce visage fatigué, les larmes amères d'un chagrin d'enfant.

Maintenant, la pluie piétine le jardin, avec colère et passion, comme un danseur de flamenco. Je me laisse conduire par les éléments déchaînés, leur force et leur certitude m'accompagnent, et m'encouragent à affronter ma peur.

Les massifs de millepertuis et d'hortensias, qui tentaient de résister à cette fureur céleste en s'agitant dans tous les sens, se courbent maintenant vers le sol, en signe de soumission. Ils me montrent l'exemple, et c'est avec humilité que j'accueille cette souffrance trop longtemps refoulée.

Quand tout s'est apaisé, j'étais trempé. Je me suis allongé sur le canapé de la véranda en m'enroulant dans une couverture. La nuit tombait.

* * *

C'est le chat roux qui m'a réveillé au petit matin : il frottait sa tête doucement contre mon front en ronronnant très fort. Les autres n'étaient pas loin et nous observaient sans en avoir l'air.

J'ai pensé à elle, à moi, aux chats, qui nous ressemblent. Ils feignent de ne jamais rien demander et sont d'une exigence démesurée ; ils semblent indifférents, mais leur jalousie est redoutable.

J'ai pensé que l'amour est un sentiment bien étrange. Et indéfinissable.

De temps à autre, Lucie regardait sa montre, en écoutant attentivement tous les bruits qui arrivaient du dehors, par la fenêtre grande ouverte. Quand une voiture ralentissait, elle se levait du canapé, et, à petits pas nerveux, allait jeter un coup d'œil dans la rue.

Depuis son plus jeune âge, dès qu'elle était un peu fébrile, les pensées s'entrechoquaient dans sa tête, rebelles et fuyantes. Mais elle avait trouvé un remède magique pour apaiser son esprit : parler à haute voix. Elle pouvait alors passer des heures à soliloquer, en marmonnant entre ses dents.

- Elle m'a toujours un peu impressionnée, cette petite. Enfin, petite, quel âge a-t-elle ? Je ne sais plus, voyons, elle est médecin chichiatre, non, spy-chiatre, ah ce métier ! On se demande à quoi ça sert et en plus, c'est impossible à prononcer ! Donc, elle est médecin depuis longtemps, elle a eu deux maris... ou trois ? Oui, oui, elle n'est plus toute jeune... Ah ! cette fois, j'entends un bruit de moteur.

Elle se pencha de nouveau à la fenêtre :

- C'est elle ! Elle descend du taxi. Et bien sûr, ses éternels pantalons ! Je ne l'ai jamais vue en robe, sauf quand elle était petite, et vraiment toute petite !

Lorsque Marie entra dans le salon, elles se regardèrent, un instant, étonnées, comme si elles venaient de se rencontrer par hasard dans la rue. Marie pensa que deux ans suffisent pour modifier le souvenir que nous gardions d'une personne : ce petit détail du visage que la mémoire avait effacé, un geste nouveau, appris en notre absence, et l'effleurement des jours, à la fois visible et insaisissable. La vieille femme s'approcha, et l'embrassa, presque timidement.

- Bonjour, ma chérie.

- Bonjour, grand-mère.

- Ton voyage s'est bien passé ?

- De Paris, avec le TGV, c'est vraiment la porte d'à côté, je peux faire l'aller et retour dans la journée, sans problème.

- Tu viens d'arriver, alors s'il te plaît, ne me parle pas déjà de départ !

Marie ne répliqua pas.

- C'est tout ce que tu me dis ?

Lucie n'avait jamais supporté les silences, autrefois déjà, dès qu'une conversation s'éteignait, elle s'empressait de la ranimer, ou lançait, tel un rituel protecteur, son fameux : « Oh, un ange passe... ». Enfant, la première fois que Marie avait entendu cette remarque, elle avait tourné sa tête dans tous les sens en scrutant le plafond, et des éclats de rire avaient fusé autour d'elle.

- Je suis tellement contente de te revoir, tu nous as beaucoup manqué. Quand ton père a reçu ton courrier...

Marie l'interrompit :

- Où est-il ?

- Il vient de sortir, il est allé faire quelques pas dans le parc.

- Juste au moment où j'arrive !

Le ton était acerbe.

- Marie, je t'en prie, ne reviens pas les armes à la main, il va mal depuis la mort de ta mère, très mal. Il reste des heures, immobile dans son fauteuil, il fait semblant de lire, mais son regard est ailleurs. Ta lettre l'a tiré de sa torpeur, il la tenait à la main, et n'arrivait pas à s'en détacher, il répétait sans arrêt : « Marie revient! », et je le voyais de nouveau sourire.

Elle poursuivit sur un ton plus léger :

- Et toi, comment va ta vie ?

- Je la trouve bizarre.

- Et ton mari, euh ? Comment s'appelle-t-il déjà ? Son nom m'échappe... Enfin... Le dernier.

- Je n'ai plus de mari.

- Il est mort, lui aussi ?

Une lueur amusée éclaira le regard de Marie.

- Non, il va très bien, surtout depuis que le divorce a été prononcé.

- Encore ! Tu as encore divorcé, ça devient une habitude !

- Ne t'inquiète pas : Marie n'a plus de mari, et Marie n'aura plus jamais de mari !

La vieille dame prit un air courroucé :

- Ne plaisante pas avec ces choses-là, s'il te plait ! Si, justement, une femme a besoin d'un « mari », à ses côtés, pour la protéger, et quand on en a un, on s'arrange pour le garder, c'est pas si compliqué, les hommes !

- Oui, oui, je sais, tu les connais bien, et si mes souvenirs sont bons, tu les aimais bien aussi...

Elle approuva d'un sourire éloquent :

- Et je les aime toujours ! Malheureusement, eux, ils ne s'intéressent plus beaucoup à moi.

- Tu leur as donné un peu trop de place, non ? Moi, par contre...

- Ecoute, ne te pose pas trente six mille questions, pour qu'une vie de couple dure, il faut en dire le moins possible. Ce n'est pas parce que l'on a une petite aventure par ci, par là... Il suffit de ne pas en parler, c'est tout.

- Pas très morale, cette conception du mariage ! Mais tu te trompes, avec mon dernier ex, nos problèmes n'avaient rien à voir avec des histoires de fesses.

- Nous ne parlons pas tout à fait de la même chose.

Le ton était un peu sec.

- Tu me parlais bien de ça, de l'infidélité ?

- Oui, mais pas avec les mêmes mots !

Elle se renfrogna un peu, elle avait horreur de ce langage de carabin, surtout dans la bouche d'une femme. Mais dès qu'elle entendit le grincement du portail, elle oublia aussitôt sa mauvaise humeur, et se précipita à la fenêtre :

- C'est ton père qui arrive.

Marie sursauta, et renversa une partie du verre d'eau qu'elle venait de se servir.

Lorsqu'elle le vit entrer, triste et amaigri, toute la tendresse qui les avait unis lui remonta au cœur. Mais elle reconnut ce regard lourd de reproches, qui toujours se dérobait pour mieux maintenir son accusation silencieuse. Toute son hostilité se réveilla aussitôt.

La beauté de son visage l'avait toujours ému, et il le fut plus encore, en constatant que des petits plis étaient apparus au coin de ses yeux. Pourtant, il ne put s'empêcher de penser, que rien, pas même le temps, ne parvenait à atténuer la dureté de son expression.

Ils s'embrassèrent du bout des lèvres, sans dire un mot. Ils se sentaient trop fragiles l'un et l'autre, pour prendre le risque de se heurter à une parole, amère ou douce.

Lucie était déçue, et même dépitée, elle avait imaginé des retrouvailles plus romanesques entre le père et la fille. Elle trouva préférable de les laisser seuls, dans leur affrontement silencieux.

A chaque fois que le regard de Marie se posait sur un objet ou un meuble, l'ombre d'Elena accourait. Son vieux voltaire râpé trônait au milieu du salon, telle une relique. Elle avait passé des heures à somnoler dans ce fauteuil, en caressant ses chats. Il portait encore l'empreinte de son corps, et les accoudoirs étaient déchiquetés par les griffes de ses « chers poilus ». Elle était là, affalée, lorsque Marie était arrivée ce sombre après-midi de mars, deux ans plus tôt. C'était une journée froide et pluvieuse. La maison semblait déserte, pas le moindre bruit, pas le moindre mouvement, comme lorsqu'elle rentrait de l'école le soir. Elena dormait, la tête penchée, et un filet de salive coulait de sa bouche entr'ouverte. Une bouteille de whisky renversée traînait sur le sol. Elle l'avait appelée doucement : « Maman, maman », et puis un peu plus fort, jusqu'à ce qu'elle ouvre les yeux.

- Tiens, tu m'appelles maman de nouveau ? Où est donc partie Elena ?

Marie fut surprise par la pertinence de cette réponse inattendue, qui l'incita à maintenir le dialogue :

- Je ne sais pas, tu crois que je la reverrai ?

Sa mère répondit par une petite moue dubitative, puis son menton se relâcha par saccades brèves, tandis qu'elle sombrait de nouveau dans le sommeil. En fixant ce faciès précocement vieilli, bouffi, couperosé, presque méconnaissable, Marie éprouva une désagréable sensation d'étrangeté qui la submergea, et se transforma brutalement en une colère furieuse qu'elle ne contrôlait plus. Elle se précipita sur la bouteille, l'empoigna, et après l'avoir examinée un instant, hébétée, elle se mit à boire au goulot avec fébrilité, jusqu'à la dernière goutte.

Son corps rejeta aussitôt l'alcool, mais elle continua de vomir longuement, interminablement, elle crut que ça ne cesserait jamais. Et lorsqu'elle releva la tête du lavabo et qu'elle vit son visage blafard dans le miroir, elle s'entendit murmurer : « Mais qu'est-ce que tu fous là, à ton âge ? »

Sur la table basse qu'Elena avait dénichée à la brocante de Bourron-Marlotte, à l'époque où l'alcool lui laissait encore un peu de liberté, les livres qu'elle ne lisait plus s'étaient entassés, en piles inégales, au fil de sa déchéance. Etranges colonnes du souvenir, intouchables, elles aussi. Sur le manteau de la cheminée, dans un cadre, deux écolières édentées souriaient, provocantes : Marie, et Catherine, l'amie d'enfance, la seule. L'ombre lui rappela que c'était elle qui avait choisi cette photo, et qui l'avait placée là. Et quarante ans plus tard, Marie en comprit toute la dimension symbolique.

Elle reprenait contact avec ces lieux, très prudemment, lentement, osant à peine respirer pour ne pas se laisser submerger par le vide de l'absence. Il l'observait. Elle l'avait oublié. Derrière le masque lisse et sévère qui se désagrégeait, il reconnut la souffrance crue et nue de l'enfance.

- Je me suis souvent reproché de n'avoir pas su te protéger.

- Me protéger ?

- Tout le monde savait qu'elle buvait, et...

- Et tu t'inquiétais pour moi ? Ah oui ! En désertant la maison le plus souvent possible. Et grand-mère, qui passait son temps à s'envoyer en l'air, elle aussi s'inquiétait terriblement, ah oui ! Et la famille qui apparaissait une fois l'an, pour déposer son petit cadeau avant de repartir rapidement, l'esprit tranquille, quelle inquiétude autour de moi ! Alors arrête, s'il te plaît, avec tes regrets minables. Toi aussi, pendant longtemps tu as fermé les yeux, et quand tu les as ouverts, il était trop tard.

- Tu n'es indulgente qu'avec elle.

- Elena était malade.

- Je t'en prie, cesse d'appeler ta mère par son prénom !

- Excuse-moi si tout est mélangé dans ma tête, mais je n'ai jamais vraiment su qui était la mère, qui était la fille.

Tu aurais dû me l'expliquer quand j'avais dix ans et que je lui préparais son dîner, et quand je l'aidais à se déshabiller certains soirs, et quand je la tenais par la main dans la rue parce qu'elle titubait un peu trop. Au fait, où étais-tu à ce moment-là ?

- Certains jours, je n'avais plus la force de...

- La force ou le courage ? Veux-tu que je te rappelle comment j'ai appris sa mort ?

Une immense tristesse l'envahit, elle n'avait plus envie de poursuivre, d'argumenter, d'accuser. Ce souvenir, elle ne pouvait le partager qu'avec elle-même. C'était un après-midi, au milieu de ses consultations, deux mois plus tôt. Elle avait été surprise d'entendre la voix de Paul au téléphone, le meilleur ami de son père. « Bonjour Marie, je dois t'annoncer une mauvaise nouvelle, il faut que tu sois courageuse. Ta mère est morte. Je m'associe de tout cœur à ton chagrin, car je sais que tu l'adorais, mais elle était malade depuis si longtemps. Marie, pourquoi ce silence ? Ton père est effondré, il est incapable de t'appeler, mais il a besoin de toi, tellement, Marie, il faut que tu viennes le soutenir, le plus rapidement possible car... ». La voix ne fut plus qu'un murmure lointain, inaudible, elle resta longtemps l'écouteur à la main, l'esprit pulvérisé. Elle finit par raccrocher et se réinstalla dans son fauteuil, face à la grosse dame qui pleurait toujours, en vidant la boîte de kleenex, et qui reprit aussitôt la litanie de ses déboires conjugaux.

Elle travailla très tard ce soir là, et lorsqu'elle se retrouva seule, elle crut qu'elle ne survivrait pas à cette douleur.

* * *

Un coup de sonnette fit apparaître la vieille dame, qui se précipita à la fenêtre, sans lâcher le petit chien qu'elle tenait sous le bras.

- C'est le facteur...

- Maman ! Quand vas-tu perdre cette horrible manie de commère !

Elle leva les yeux au ciel, et adressa un sourire complice à Marie. S'adressant à son fils :

- Si tu allais chercher le courrier ? Ça me permettrait de profiter de ma petite fille quelques minutes...

Sido se mit à frétiller de la queue.

- Regarde, elle t'a reconnue !

- Elle va bien ?

- Elle commence à vieillir, elle aussi, elle passe une bonne partie de la journée à dormir dans son panier, mais l'heure de la promenade, c'est sacré !

- Elle a du mal à marcher ?

- Non, mais les gravillons de l'allée abîment ses petites pattes, n'est-ce pas ma chérie ? dit-elle, en s'adressant à la chienne sur un ton affectueux.

- Tu aimes les chiens, maintenant ?

- Oui.

- C'est nouveau.

- C'est comme ça.

- Même la chienne de ta « chère » belle-fille ? Tu sais, je peux la ramener à Paris, elle est calme, elle sera bien chez moi.

La vieille dame commença à s'énerver :

- Il n'en est pas question ! Et qu'est-ce que tu racontes ? La chienne de ta mère ? Tu dis n'importe quoi, Sido, c'est mon amie Gabrielle qui me l'a offerte pour mes quarante ans.

- Elle a un sacré peps pour une chienne de quarante-sept ans !

- Pourquoi tu dis ça ? Tu veux me faire passer pour une folle, c'est de la déformation professionnelle !

Marie regretta aussitôt sa remarque ironique.

- Ne t'énerve pas, on peut tous avoir des petits moments de défaillance, moi même, quand je suis fatiguée...

- Je ne suis pas fatiguée, et je ne perds pas la boule ! Je n'ai jamais été forte en calcul, ce n'est pas aujourd'hui que ça va commencer. Et ne me regarde pas comme si j'étais une vieille gâteuse !

Elle posa la chienne à terre et parut désorientée. Marie s'approcha d'elle et lui posa doucement la main sur l'épaule.

- Grand-mère, je suis désolée.

- Tu commences à t'excuser, c'est mauvais signe... Oui, j'ai la mémoire qui flanche, de temps en temps, comme dans la chanson.

Elle s'interrompit un instant, puis poursuivit avec plus d'entrain :

- Pour mes quarante ans quelqu'un m'a offert un chien, et ça, j'en suis sûre. Par contre, je ne sais plus qui. Et ce chien, je ne l'ai pas gardé. C'est vrai, je n'aimais pas trop les animaux, ou plutôt ils ne m'intéressaient pas, et puis tout mon amour, je le donnais aux hommes... Mais cette chienne, je l'adore, je m'en suis beaucoup occupée tout au long de la maladie d'Elena.

Marie répondit par un silence gêné. Sa grand-mère retrouva son ton volubile et léger, et s'adressa à l'animal d'une voix énamourée :

- Tu te rends compte, cette petite Marie que tu aimais tant, un jour, hop, elle disparaît ! Et puis elle revient, deux ans plus tard... Tout le monde est content, mais le soir même elle décide de repartir, et au passage, elle veut te kidnapper ! Mais toi tu n'es pas d'accord, hein ? Ah non, pas du tout. Tu pensais qu'elle t'avait complètement oubliée ? Moi aussi. Elle ne connaît pas tes manies, ma petite puce, et Dieu sait si tu en as ! Presque autant que moi. C'est comme ça, quand on vieillit...

Relevant la tête vers Marie :

- C'est une vraie furie si elle ne se balade pas dans le parc deux fois par jour, Paris ? Elle s'ennuierait.

Puis s'adressant de nouveau à la chienne :

- Elle ne sait rien de nous. Elle ne sait pas non plus que tu as un amoureux. Il est affreux d'ailleurs ! Figure-toi qu'elle est folle d'un horrible bouledogue, qui de plus s'appelle Gaston !

Marie sourit, émue.

- Nous le rencontrons tous les jours, et tant qu'elle ne l'a pas vu, elle refuse de rentrer à la maison. Bon, elle s'impatiente, et j'entends ton père qui revient, j'y vais.

* * *

- Je pense que tu vas être étonnée en voyant ça.

Il sortit d'un livre une photo en noir et blanc des années cinquante. Elle reconnut sa mère parmi ses frères et sœurs, les enfants formaient une grappe serrée autour de leurs parents.

- Où l'as-tu trouvée ? Sa voix trembla un peu.

- Dans ce livre, qu'elle feuilletait toujours d'un air négligent.

Tous deux étaient penchés sur l'image.

- Ce châle sombre sur ses épaules, c'est d'une tristesse !

- C'est vrai, mais regarde comme elle était mignonne, petite, tu avais exactement le même minois.

- Elle est sinistre, cette cour, ces murs qui s'effritent, pas un arbre, pas une fleur, et le linge qui pend partout...

- Comme en Italie...

- Elle a l'air perdue ! Il y avait trop d'enfants, trop de pauvreté autour d'elle.

- Tu dramatises tout. C'était une famille d'émigrés, oui, mais ce n'était pas Zola, il y avait toujours des pâtes dans les assiettes et du parmesan sur la table. Sa mère adorait chanter et son...

- Père boire du chianti... Ce tyran domestique !

- Il était parfois un peu dur, mais au fond c'était un brave homme, qui se tuait au travail pour nourrir sa famille.

- C'était un sale macho.

- Marie, arrête ton combat, arrête de chercher désespérément des coupables. Elle est morte. Et je ne sais pas qui l'a tuée. Son enfance ? L'alcool ? Ma lâcheté ? Ton absence ? Nous nous arrachons les restes de sa dépouille, mais avait-elle quelque chose à donner ?

Il se recueillit un instant avant de poursuivre.

- Je l'ai beaucoup aimée, et je ne regrette rien. Mais, que tu me détestes...

- Je ne déteste personne. Je suis tellement fatiguée, si tu savais...

Il osa prendre ses mains entre les siennes et quand il sentit qu'elle consentait, il l'attira vers lui et la serra contre sa poitrine en chuchotant :

- J'étais fou de joie quand tu es née, et tu ne t'en souviens pas, mais j'ai biberonné, bercé, câliné, changé tes couches...

- Beurk !

- Non, j'aimais bien.

Marie ferma les yeux, et son corps qui s'abandonnait se souvint de ces moments de bien-être.

Il relâcha doucement son étreinte, et la regarda avec tendresse. Elle se sentit rougir, comme une enfant prise en faute.

- Marie la pudique, la tendre, la révoltée, la combative, c'est un peu difficile à concilier, tout ça.

- Tu sais, j'ai cessé de me battre contre les moulins à vent, et je n'ai plus jamais essayé de faire grimper les chiens aux arbres...

- Max dans le marronnier, quelle histoire ! Garnier m'en a reparlé pendant des années.

- Qui était ce Garnier déjà ?

- Mon assureur, nous avions une affaire un peu délicate à régler. Quand il a sonné, je suis allé l'attendre sur le perron, il a franchi le portail et s'est engagé dans l'allée.

- Aussitôt, Max s'est mis à aboyer, je lui ai demandé de se taire en lui serrant le museau, mais rien à faire...

- Garnier a ralenti sa marche et a regardé prudemment autour de lui, c'était un grand gaillard, costaud et fort en gueule, mais il n'était pas rassuré... Je lui ai dit : « Ne craignez rien, le chien n'est pas méchant ! ». Et comme lui, j'ai tourné la tête de tous les côtés, car l'aboiement devenait de plus en plus enragé.

- Ah oui, je me rappelle ! J'ai rarement vu Max dans cet état, il était déchaîné, l'odeur de ton assureur ne devait pas lui plaire !

« Dites-moi m'a-t-il dit, je deviens fou, j'ai des hallucinations ? C'est bien un chien que j'entends, mais où est-il ? » Eh bien, nous avons exactement les mêmes troubles… Moi aussi j'entends crier Max, mais il est devenu invisible… A ce moment-là un soupçon m'a enfin effleuré.

- Et à ce moment-là, j'ai senti que j'allais passer un mauvais quart d'heure...

« Marie ? Tu es dans le marronnier ? » Tu m'as répondu : « Oui, oui », sur un ton un peu gêné. « Mais enfin tu n'aurais pas… »

- Je t'entendais approcher, j'avais le cœur qui battait à une allure...

- Et là, au pied de l'arbre, en levant la tête j'ai vu le pauvre Max installé comme il pouvait entre deux branches épaisses, accroupi, pris de peur en m'entendant crier.

Garnier s'est approché. Il est resté un long moment le nez en l'air, bouche bée, ébahi devant la vision de cette petite fille juchée sur une branche, entourée de deux chats et surtout d'un gros chien roux. J'ai hurlé : «Veux-tu descendre ! »

- Max a paniqué, j'essayais de le retenir, mais il est tombé lourdement sur la pelouse.

- Je me demande comment tu avais fait pour monter ce chien dans le marronnier, quelle drôle d'idée !

- Dans l'arbre avec mes chats, j'étais bien, mais il me manquait la douceur de mon chien. Et sur l'herbe, quand je caressais le gros Max, j'avais envie d'être là-haut, dans la tranquillité de mon refuge.

- Le soir, il avait une patte dans le plâtre, ton gros Max, et à chaque fois que j'allais vers toi pour exiger des excuses, tu tournais la tête vers le chien en disant : « Pardon Max ».

* * *

Marie se leva tôt le lendemain matin, apaisée, avec l'envie d'aller marcher dans le grand parc ombragé, qu'elle aimait. La table du petit déjeuner était installée, et sa grand-mère buvait une tasse de café.

- Bonjour, de plus en plus matinale, tu as bien dormi ?

- Non, mais je tiens à mes insomnies, à mon âge, je me méfie du sommeil.

- Tu as peur, toi ?

- Oui, j'ai peur. J'ai peur de m'endormir, je trouve ça dangereux à quatre-vingt-cinq ans, mais je n'en parle jamais aux autres, je frime toujours un peu, tu me connais. Tu appelles ce truc comment, de l'angoisse, je crois ?

- ... Oui...

- Moi qui ai toujours voulu quitter ce monde dans la plénitude de l'âge eh bien, dans la plénitude du déclin, la mort me terrorise ! Autrefois, je m'imaginais souvent allongée, dans mon cercueil, un peu comme la Belle au Bois Dormant, avec ma plus jolie robe, tu sais, la rose et mousseuse que tu aimais tant. Dans mon rêve, je me présentais devant Dieu, cet homme grand, barbu, musclé...

- Musclé ?

- C'est ainsi que je préférais l'imaginer. Eh bien, en arrivant devant lui dans cette tenue avantageuse, je parvenais à le séduire...

- Et ensuite ?

- J'étais très vite reprise par le monde des vivants, au fond, eux seuls m'intéressent. Ah ! Et puis, ça suffit ! Les psychiatres écoutent les autres avec trop de complaisance, et voilà ce que ça donne... Tu vas encore penser que je délire !

- Non, pas du tout, au contraire, je trouve que tu as une vitalité fabuleuse. J'ai une photo de toi où tu poses à demi-nue sur le ventre...

- Oh !

- Tu dois avoir dix mois environ.

- Ah...

- Tu fixes l'objectif avec un sourire charmeur, qui ne t'a jamais quittée.

- Oh ! Je me trouve horrible sur cette photo ! J'ai des cuisses énormes ! Je t'assure que je ne les ai pas gardées !

- Grand-mère, je n'ai jamais rencontré une femme aussi jolie que toi.

- Tu aurais pu me le dire plus tôt ! A quatre-vingt-cinq ans, plus personne n'est beau.

Bon, va te servir un café, il faut que je te parle de l'avenir de ton père.

- Il est malade ?

- Non, mais il commence à prendre de l'âge, ça fait une drôle d'impression d'être la mère d'un presque vieillard... J'aimerais que tu t'occupes de lui, quand je ne serai plus là.

- Avec l'énergie que tu as, tu vas pouvoir le dorloter encore quelques années, ton petit garçon...

- Non, justement, je dois m'absenter, un certain temps, longtemps peut-être, je pars aujourd'hui, tu vois, mes bagages sont prêts.

- Mais, il n'était pas question de ce voyage hier, et Sido ?

- Tu avais raison, elle sera bien avec toi, elle t'a reconnue, elle te jette déjà des regards langoureux !

Marie fut soulagée en voyant son père entrer, mais il sembla tout aussi surpris qu'elle en posant ses yeux sur la valise.

- Mais que se passe-t-il ?

- Ils vont venir me chercher d'un instant à l'autre. La voix de Lucie était ferme et assurée.

Marie et son père se regardèrent avec inquiétude.

- Pour tout vous dire, je vais faire un petit voyage un peu particulier... Avec des policiers. Et arrêtez de me regarder comme si j'étais complètement gâteuse ! Je ne divague pas. J'ai appelé la police très tôt ce matin, j'ai tout dit, je ne pouvais pas vivre avec ce secret...

- Maman, je t'en prie, calme-toi et explique-nous, je ne sais pas ce que tu as dit à Marie, mais moi je ne comprends rien à ce qui se passe...

- J'ai aidé Elena à mourir.

Pendant un court instant, Marie eut l'impression d'être l'acteur involontaire d'un polar comique ou d'une farce absurde, et elle réprima un rire nerveux.

Lucie poursuivit, imperturbable.

- Son état s'aggravait, je venais la voir, au début avec précaution : nos relations n'avaient pas toujours été faciles. Et puis, je serais incapable de vous dire comment c'est arrivé, mais progressivement, je me suis attachée à elle, et elle à moi. Sa maladie a rencontré ma vieillesse... C'est elle qui m'a proposé de venir vivre ici.

- Alors pourquoi ?

- Elle savait que sa fin était proche, elle n'en pouvait plus, et l'idée d'entrer à l'hôpital la terrorisait. Elle m'a suppliée de l'aider. Je l'ai fait. Vous voyez, ça semble facile de tuer quelqu'un mais... Mais peu de temps après avoir avalé le breuvage... Ce corps blafard et immobile qui n'avait plus rien à voir avec Elena... C'était horrible !

- Comment est-ce que tu as pu ? C'est effrayant... Je n'y crois pas, c'est un cauchemar !

- Je t'en prie, ne l'accable pas.

Marie saisit nerveusement la vieille dame par les bras.

- Tu l'as aidée à mourir, « aidée », alors pourquoi la police ? Tu peux encore faire marche arrière, je peux...

- Que vas-tu me proposer ? Un traitement de faveur parce que je suis vieille ? Un certificat médical : « Je soussignée... Certifie que l'esprit de ma grand-mère s'affaiblit et qu'elle raconte n'importe quoi ». Il n'en est pas question, j'ai besoin d'aller jusqu'au bout, pour me prouver que je ne regrette rien, que j'ai fait ce qu'il fallait faire.

- Non, tout va trop vite, donne-toi un peu de temps, donne-nous, un peu de temps !

- C'est trop tard, et je n'en ai pas envie. Finir sa vie en prison, ce n'est pas grave... Et puis il paraît qu'il n'y a pas beaucoup de vieux derrière les barreaux. Ici, plus personne ne me voit, là-bas je vais redevenir exceptionnelle !

Le ton redevenait plus léger, et Marie ne put s'empêcher d'éprouver de l'admiration pour la façon dont elle dirigeait sa vie, jusqu'au bout.

Un long coup de sonnette retentit, et la vieille dame se précipita à la fenêtre.

- C'est la police.

Lorsqu'ils tentèrent de s'approcher d'elle pour l'embrasser, elle les freina de la main, et s'adressant à son fils :

- Je ne regarderai plus jamais par la fenêtre, juré !

Il crie, il vocifère, le visage déformé par un rictus hideux :

- Je veux du Skenan, du Skenan, tu m'entends ? Tu vas m'en donner, connard ?

Son poing s'abat sur moi avec brutalité, et me fait chanceler, puis les coups pleuvent, de plus en plus vite, de plus en plus fort, comme ceux d'un boxeur en fin de round. Je ne peux pas me défendre, mon corps est engourdi, paralysé, aucun son ne sort de ma gorge nouée, j'ai peur...

Je ne sais plus où je suis, je ne sais plus qui je suis, ni homme, ni animal, incapable d'émettre une parole ou une plainte. Je suis abandonné de tous, des autres, du langage, de moi-même.

Malgré mon silence, impossible de ne pas comprendre ce qui se passait, le jeune drogué hurlait, et faisait voler tous les objets qui se trouvaient à portée de sa main. Puis il a ouvert les tiroirs de mon bureau, méthodiquement, jusqu'à ce qu'il trouve ce qu'il cherchait. Il prenait son temps, il connaît bien l'espèce humaine, le junkie, il est bien placé pour savoir que personne ne porte jamais secours à personne.

À l'arrivée de la police, il était déjà loin, avec un paquet d'ordonnances sous le bras. Et tout le monde avait filé, sauf l'homme au portable que je n'ai pas eu envie de remercier.

J'ai souvent été confronté à des toxicomanes qui exigent tout et n'importe quoi. Les médecins du neuf trois, comme ceux du seizième, connaissent bien la folie de leurs demandes.

J'avais refusé de rédiger l'ordonnance, j'étais un peu fatigué, et une longue soirée de consultations m'attendait. Le ton est monté très vite et j'ai dit en le fixant :

- Si tu veux crever, continue comme ça, moi, je suis là pour soigner, pas pour euthanasier.

Dans son regard bleu acier, quelque chose a vacillé, puis il a fermé les yeux, et une onde tragique a traversé son visage. J'ai senti la profondeur de sa détresse, il était au bord du gouffre, prêt à abandonner la lutte. À mon tour, j'ai failli céder. J'ai arraché une ordonnance, et j'ai attrapé mon stylo, mais je l'ai reposé d'un geste sec, car je détestais la couleur de mon émotion. J'ai rompu le dialogue silencieux qui nous avait rapprochés un court instant, et j'ai décroché le téléphone :

- J'appelle une ambulance et je vous envoie à Marmottan.

Son regard a retrouvé sa dureté métallique. Il a bondi vers moi pour m'arracher le combiné, et son visage frôlait le mien lorsqu'il m'a dit, tremblant de colère :

- Marmottan, tu déconnes ? J'y suis déjà allé cent fois. Tu ne comprends pas qu'il me faut mon produit, que c'est ça qui me fait vivre ? Mais regarde-moi : tu vois, là où je suis, c'est pas l'enfer, c'est pire, je suis dans le vide, le rien, le néant. Je suis en manque, en manque! À en crever, bordel ! Tu sais ce que ça veut dire ? Mais non, bien sûr... Tu n'en as pas la moindre idée, avec ta gueule bronzée qui pue l'after-shave et ton beau costard...

Mon nouveau refus l'a rendu fou de rage, le premier coup de poing est parti très vite, sa violence m'a fait chanceler. Instant de déséquilibre qui a fait basculer ma vie.

Ce soir-là, face au miroir, ce n'était pas mon visage tuméfié que je fixais avec perplexité, mais l'image d'un homme de cinquante-huit ans que je n'avais pas vu vieillir.

Ce soir-là, le fringant docteur Duhamel, séducteur de renom, sportif accompli, avait perdu un combat, dont personne, jamais, ne sort vainqueur. La jeunesse, même la plus dépravée, est triomphante, et contre le temps qui passe, il n'y a pas de victoire possible.

* * *

Ce matin, appel explosif de Florence, c'est une furie qui écume au bout du fil, sa voix fait trembler mon portable et transperce mes tympans :

- Tu te fous de ma gueule, ou quoi ?

- Mais...

- Mais quoi ? Tu te fais démolir par un toxico, et comment je l'apprends : à l'instant par ma concierge...

Ne pas répondre, pour la calmer, c'est la meilleure des stratégies, elle ne supporte pas le silence.

- Allo ! Mais pourquoi tu ne dis rien ? Je te trouve bizarre, je passe chez toi tout de suite, tu as peut être besoin d'une hospitalisation, ou d'un scanner, je veux vérifier !

- Calme-toi, je ne suis pas mort, viens plus tard, après tes visites.

- Pas question, je ne te fais pas confiance, Rosina m'a dit : « Oh là là, il est pas beau à voir ! »

- Mais qu'est-ce qu'elle en sait ? Je ne suis pas sorti de chez moi depuis...

- Non, mais c'est sa copine qui est femme de ménage chez... Oh, et puis merde, j'arrive.

- Mais tu es débordée en ce moment, laisse moi me débrouiller avec mes petits problèmes.

- Petits problèmes ! Arrête de frimer... Tu n'es qu'un vaniteux introverti ! Je suis déjà dans ma voiture, prépare-moi un café.

- D'accord, pour un déca...

Elle sera là dans quelques minutes, et je dois avouer que cette pensée me fait du bien, car depuis cet événement, je me sens aussi vulnérable qu'un enfant.

Florence, c'est ma seule amie, je la connais depuis la Fac. Elle a un langage abrupt et décapant, qui peut surprendre dans la bouche d'une petite femme blonde et malingre. Mais c'est une tendre, toujours prête à défendre la veuve et l'orphelin, ses patients l'adorent. Moi aussi.

Mais amie ou pas, il est vrai que je ne me confie pas facilement, elle me l'a souvent reproché. Elle par contre, n'a jamais hésité à me parler de ses états d'âme, et j'ai été au courant de toutes ses histoires d'amour tordues. Elle est toujours très prolixe, et ponctue chaque confidence d'un : « Qu'est-ce que tu en penses ? »

- Je pense que tu ferais mieux de te tirer et d'en prendre un autre. Ou mieux, de n'en prendre aucun, fais une pause de temps en temps...

Bien entendu, comme toutes les femmes, elle n'a jamais suivi un seul de mes conseils.

Je parle au passé, parce que depuis une dizaine d'années, côté fesses, elle s'est un peu calmée.

Elle s'occupe beaucoup de sa fille, Elise, qui fait médecine comme maman, mais qui a choisi la voie de la psychiatrie.

* * *

La nuit, je me réveille souvent, noyé de sueur, écrasé par l'angoisse. Mais ce n'est pas la violence des coups que je revis dans mon sommeil, ce qui me hante, c'est l'ombre du jeune garçon. Il traverse mes rêves, livide et décharné, tel un spectre, et lorsque je lui tends la main pour l'empêcher de sombrer, il disparaît dans la profondeur des ténèbres. J'éprouve alors un sentiment d'infinie solitude, suivi d'une frayeur incompréhensible.

Rêve étrange. Qui revient, s'obstine, insiste, fouille dans ma mémoire, à la recherche de souvenirs enfouis.

J'ai neuf ans.

Je pleure à gros sanglots. Ma mère s'approche et me demande doucement :

- Que se passe-t-il, pourquoi ce gros chagrin ?

- Je ne sais pas... si... je veux quelque chose.

- Oui, dis-moi...

- Je ne sais pas quoi, mais je veux quelque chose !

Elle tentait de me consoler, jusqu'au moment où, impatientée, elle s'éloignait alors d'un pas vif, en maugréant et en se demandant d'où sortait cet enfant, si différent de ses frères. Ces deux-là n'ont jamais eu le moindre état d'âme et mes jérémiades les laissaient parfois perplexes, mais le plus souvent, les faisaient ricaner.

Ils sont mariés, pères de famille, et l'aîné a deux petits-enfants. Je les aime bien, mais je sens que ce « quelque chose », jamais identifié, nous sépare.

J'ai seize ans.

Je masque ma fragilité derrière un air arrogant et des attitudes de défi, mais la moindre égratignure m'anéantit.

L'homme que je suis devenu porte souvent un regard ironique sur ce garçon tourmenté, le trouvant un peu trop complaisant avec son mal de vivre. Mais j'avais oublié -les adultes trahissent si vite leur jeunesse- que l'ombre du suicide planait sur mon adolescence, se rapprochant parfois, dangereusement, quand je me sentais trop seul parmi les autres.

Pourtant cet été-là, je l'ai rencontrée. Cette femme, qui m'a fait passer d'un rivage à un autre, d'un âge à un autre, en prenant tous les risques.

J'étais assis sur le sable, avec un livre à la main que je ne lisais pas, perdu dans mes rêveries. J'ai sursauté lorsqu'elle s'est adressée à moi :

- Vous avez l'air bien solitaire, jeune homme...

Elle avait la voix musicale des femmes qui vivent au contact de la Méditerranée.

- Je m'emmerde !, ai-je répondu avec une désinvolture mal imitée.

- L'ennui... Maladie de la jeunesse, a-t-elle ironisé en s'asseyant sur sa natte, face à moi. Son maillot deux pièces accentuait des hanches un peu trop larges, mais son corps était voluptueux et souple, et malgré l'eau de mer, le sable et le soleil, un parfum lourd et sensuel la poursuivait. Elle a allumé une cigarette, et son regard très clair, presque transparent, m'a effleuré par petites touches, avec une certaine timidité. Puis il a glissé lentement sur mon corps, s'accrochant un instant à mes épaules, se blottissant ensuite au creux de ma poitrine, pour aller se fixer sur mes cuisses durcies par le sport. Et lorsqu'elle a relevé la tête, elle a souri tendrement, en découvrant le front et les joues lisses de l'enfance.

C'est avec elle que j'ai appris le plaisir, celui qui naît dans les profondeurs de deux corps réunis dans la nuit. Cette fusion salvatrice m'a éloigné à tout jamais de mes tentations funestes, et je l'ai recherchée avec frénésie tout au long de ma vie. Mais je n'ai jamais pu aimer une femme, et je le regrette amèrement.

J'ai choisi de faire des études de médecine, et de devenir généraliste. J'aime ce métier exigeant, qui m'a totalement absorbé. Je me suis rempli de la souffrance des autres, elle m'a consolidé. L'édifice a tenu pendant quarante ans, mais il a suffi de quelques coups pour l'abattre. Le temps l'avait probablement érodé.

* * *

En me remettant les clefs de sa maison de campagne, où elle viendra me rejoindre dans quelques jours, Florence m'a dit :

- Tiens, tu liras ça, c'est la thèse de Lili, elle vient de la terminer, mais avant de l'envoyer à son superviseur, elle voudrait avoir ton avis.

- Tu sais ce que je pense de la psychologie, et des psys : ils m'assomment avec leurs élucubrations tortueuses, et puis cette façon de parler de la jouissance avec un air illuminé ! Mais leur jouissance à eux, c'est d'utiliser un langage hermétique pour brouiller les pistes...

- Justement, il n'y aura pas que des psychiatres parmi les membres du jury, et elle veut s'assurer que son texte sera compris de tous.

- Même des plus cons ! Bon, OK, je vais la lire attentivement, sa thèse. C'est quoi, le titre ?

- « Le jumeau fantôme ».

- Quoi ? Tu peux répéter s'il te plaît ?

- Ce n'est pas très courant comme sujet, mais c'est ce qui fait son intérêt. Tu as toute la semaine pour la lire tranquillement.

- Je sens que je vais m'amuser !

Dès les premières lignes, j'ai senti en moi quelque chose qui s'affolait. Non, ce n'était pas de la peur, c'était une jubilation qui se manifestait par des ondes d'excitation qui me submergeaient le corps et l'esprit, ce que l'on éprouve avant une révélation qui pourrait encore nous surprendre, malgré notre âge.

L'introduction stipulait qu'environ quinze pour cent de la population auraient partagé le ventre maternel avec un jumeau qui disparaît, absorbé par la muqueuse utérine, sans que les médecins puissent en expliquer les raisons. La plupart des femmes concernées ne savent pas qu'elles ont porté deux embryons, mais l'enfant qui survit souffrirait toute sa vie d'un mal-être, qu'une femme médecin, spécialiste du sujet, a nommé « le syndrome du jumeau fantôme ».

J'ai lu la thèse jusqu'au bout pour respecter ma parole, mais après la lecture de l'introduction, je connaissais déjà dans les détails tout ce qui allait suivre.

* * *

L'ombre qui s'échappe de ma mémoire ne m'inquiète plus, elle est marquée du sceau de notre dualité retrouvée. Elle ressemble à cet étrange messager que tu m'as adressé pour me conduire vers toi, pavé mosaïque fait d'obscurité et de lumière, de force et de faiblesse, de beauté et de laideur.

Je sais que tu demeures dans un espace, lointain, et dans un temps, où la mémoire n'existe pas. Mais tu as ressenti ma détresse, elle t'a arraché à tes limbes, et nous nous redonnons vie mutuellement.

Cette vie, que tu as fuie et que j'ai pris le risque de vivre, je vais te la raconter. J'espère te donner quelques regrets, d'autant plus qu'avec toi, elle aurait été si facile.

Toi, tu me parleras du monde d'où tu viens, dans lequel nous retournerons un jour, bientôt, pour nous replonger avec délice dans les eaux maternelles.

Donne-moi la main, je veux m'avancer vers la vieillesse, sans baisser le front.

LA VISITEUSE

Lundi matin. Fresnes. Pouvoir magique des grandes murailles de la Maison d'Arrêt, qui absorbent toute ma mauvaise humeur.

A l'entrée, j'abaisse la vitre de ma voiture, et je présente ma carte de visiteuse de prison au surveillant du poste de contrôle. Aujourd'hui, c'est un jeune garçon au crâne rasé, très maigre, qui cligne des yeux en rafales en secouant la tête d'une façon brusque, comme un automate. Le type même de l'anxieux qui n'en finit pas de lire attentivement tout ce qui est noté sur le laissez- passer, et de vérifier ma photo d'identité.

Un peu agacée, je lui lance :

- Vous trouvez que la photographie ne correspond pas à l'original, j'ai tellement changé en cinq ans ?

Le tic redouble d'intensité et de vitesse, le petit surveillant est vexé d'avoir été surpris en flagrant délit de manies, et il me répond sèchement :

- Je n'ai pas dit ça, je fais mon boulot, c'est tout...

Je reprends mes papiers en lui adressant un large sourire : c'est avec délice que je me frotte aux rugosités du monde carcéral, après ces week-ends sirupeux à la campagne avec mari, enfants, petits-enfants...

La barrière se lève enfin, j'entre sur le site en roulant lentement et je me gare sur le parking. Je reste un instant dans mon monospace pour fumer une cigarette que j'inhale avec avidité, en pensant que je devrai me passer de tabac pour le reste de la journée. Deux fois par semaine, j'apporte mon soutien à quelques détenus à travers des cours d'alphabétisation, des aides administratives, des recherches d'emploi, et quelques bonnes paroles.

Je traverse la cour pavée à pas prudents, et je me dirige vers le Grand Quartier, constitué de trois bâtiments massifs où sont incarcérés plus de deux-mille-trois-cents hommes, pour la plupart jeunes, musclés, tatoués. Quand je décris cet univers à mes copines du Secours Catholique, ça les fait rêver, mais l'extase s'arrête là, car même en enjolivant ma fonction, je n'ai jamais réussi à susciter la moindre vocation.

Avant d'entrer à l'intérieur de la prison, il faut de nouveau montrer patte blanche, j'ai vérifié que je ne portais rien de métallique, ni accessoires, ni bijoux susceptibles de déclencher l'alarme du portique et j'ai déposé mon sac sur le tapis roulant des rayons X. Rien n'échappe à l'œil attentif des surveillants, qui visualisent son contenu sur un écran à la recherche d'une arme éventuelle, ou d'un téléphone portable strictement interdit en Maison d'Arrêt.

Je remonte allègrement le couloir central, très large et recouvert de parquet, curiosité de cette bâtisse fin 19e, qui relie les trois divisions entre elles. Je salue au passage les deux détenus qui cirent et astiquent avec application toute la journée, car les allées et venues y sont incessantes.

Sur mon passage, les portes s'ouvrent et se referment électriquement, activées par des surveillants à partir de leur guichet de verre, appelé "la table". Mais l'électronique n'est pas parvenue à vaincre les barreaux des fenêtres, tant mieux, derrière ces barreaux-là, je me sens tellement bien...

Sébastien n'est pas là aujourd'hui, il a été extrait pour rencontrer le juge d'instruction. Depuis que je suis visiteuse, il en est à sa troisième incarcération pour cambriolage. Quand je lui avais demandé naïvement quel était son métier, lors de notre première rencontre, il avait répondu, amusé :

- « Mon job ? Voleur, ça s'voit pas ? »

Il vient de passer la quarantaine, et supporte moins bien le monde carcéral :

- « C'est plus ce que c'était la prison, y a que des petits cons qui respectent plus rien, les codes d'honneur du taulard, ça leur passe au-dessus de la tête, y a qu'une chose qui les intéresse, bouffer des médicaments et fumer du shit ».

Alors, quand il n'a plus le moral, il pense au pire : travailler, comme tout le monde. Il me donne des tas de recettes techniques pour protéger ma maison de campagne contre les effractions, car, lorsque je suis seule la nuit, toutes mes vieilles peurs ressurgissent.

- « Conseils de pro » me dit-il, une lueur de malice dans les yeux, « avec ça, vous pourrez dormir tranquille ».

Mais en découvrant les serrures trois points et les vitres anti-effractions, les fantômes de l'enfance ricanent, et au petit matin, disparaissent en traversant les murs...

Puis Ahmed arrive, avec son lot habituel de récriminations sur les surveillants « qui m'cherchent », son codétenu « qu'est crade et qui pue », et la juge d'instruction «une conne qui pense qu'à m'enfoncer». C'est un jeune de Vitry-sur-Seine, délinquant multirécidiviste attiré par tout ce qui est motorisé et se déplace à grande vitesse. Lorsqu'un véhicule l'intéresse, il prend, même si le propriétaire est à l'intérieur, et s'il résiste, Ahmed devient violent, sa dernière victime a dû être hospitalisée pour fractures multiples du visage. Cette fois, il risque dix ans de prison.

Quand je suggère qu'il devrait accepter de rencontrer un psychologue pour apprendre à contrôler son impulsivité, il s'énerve et se met à crier :

- « Ah mais m'dame, j'suis pas fou, moi, et j'suis pas méchant, c'est l'autre gnolgui qui m'a tapé le premier, j'pouvais quand même pas me laisser faire ! L'a bien cherché, celui-là, c'est sa faute, l'avait qu'à pas résister, tout ce que j'voulais moi, c'est emmener Sandra faire un tour en 4X4.»

Papa a disparu depuis longtemps, et le désespoir de maman commence à se transformer en colère. J'essaie de la calmer au téléphone, et j'insiste pour la rencontrer, car si elle le rejette, il n'aura pas la moindre chance de rédemption. Une mère, c'est précieux. La mienne m'a manqué. Elle s'est suicidée lorsque j'avais trois ans.

Mon « bureau » est une pièce aveugle et étriquée, éclairée par un néon blafard, qui contient une table minuscule et deux chaises inconfortables. Avec Marco, un grand gaillard à qui j'apprends à lire et à écrire, on est un peu à l'étroit...

- Ah, je suis content de vous revoir, j'ai un bourdon en ce moment !

- Ça ne vous ressemble pas, si ça dure, il faudra demander une consultation.

- J'aime mieux parler avec vous.

- Marco, ne mélangez pas tout, les psychiatres sont là pour vous soigner, moi, je suis là pour vous apprendre à lire et à écrire.

- Ah ben, pour moi c'est bien plus utile que ce qu'ils font, entre nous, il n'est pas compliqué leur boulot, ils se contentent d'écouter en silence sans rien dire, je finis par me demander s'ils écoutent d'ailleurs... C'est peut-être mieux comme ça, parce que, quand ils l'ouvrent, c'est pour faire des remarques à la con, un jour j'ai failli en cogner un !

- Calmez-vous, et pensez à votre liberté conditionnelle, elle devrait être acceptée, alors, pas de faux pas au dernier moment.

- Je ne pense qu'à ça, je vous promets, je me tiendrai à carreau, mais je n'ai pas envie de voir la psy, en plus elle est moche, vous êtes bien plus agréable à regarder, vous avez dû en faire tourner des têtes à vingt ans !

Je préfère prendre ça pour un compliment... Si j'étais jolie, je ne le savais pas, Philippe ne vantait que mes qualités de cœur et d'esprit, mais qu'attendre de plus d'un jeune polytechnicien inscrit aux Scouts de France ?

Pour rompre mon étonnement silencieux, je finis par lui dire :

- J'étais déjà mariée à vingt ans.

- Et alors ? Je peux vous dire que moi, ça ne m'aurait pas arrêté, dit-il en me faisant un clin d'œil. Je sens une chaleur très désagréable me monter aux joues, ça fait des années que je n'avais pas rougi, la prison, ça mène à tout... Je le regarde avec une certaine perplexité : il est grand, athlétique, son torse et ses bras musclés sont mis en valeur par des tee-shirts savamment ajustés. Son visage n'est pas vraiment beau : long nez droit, petits yeux rapprochés et rusés, mais la bouche est sensuelle et les cheveux bruns, en brosse, accentuent l'aspect viril du personnage.

Je change de position, en me dandinant sur ma chaise comme une enfant, pour faire diversion.

- Vous regardez ma cicatrice ?

Non, je ne regardais rien, mais je le laisse continuer, histoire de changer de sujet.

- Une connerie de jeunesse ! J'avais dix-huit ans et j'étais amoureux fou d'une amie de ma mère, elle avait un corps ! et c'était une vraie bombe sexuelle, si vous saviez les nuits que...

- Marco !

- Excusez-moi, madame la visiteuse, dit-il en prenant un air penaud.

- Là, vous en faites un peu trop, je vous ai déjà dit que vous pouviez m'appeler Thérèse.

- Comme la sainte ?

- Si vous voulez.

C'est tout ce que je lui inspire... Je me surprends à envier la bombe sexuelle, quel âge doit-elle avoir maintenant ?

- Qu'est-elle devenue ? Ma question me surprend moi-même.

- Un jour, elle est arrivée à notre rendez-vous avec des sacrés coquards.

- Des quoi ?

- Des yeux au beurre noir si vous préférez, son homme avait appris pour nous deux, elle m'a dit : « Je t'aime bien mon chou, mais lui, je l'ai dans la peau, regarde, t'as vu ma tête, ça lui a fait trop mal quand il a appris, je veux pas le faire souffrir. »

- C'était aussi une... Elle faisait le même métier que votre mère ?

- Oui, c'était une pute, mais vous savez, ces femmes-là, elles sont comme les autres, comme vous, elles sont capables d'aimer.

Elles, probablement, moi, c'est une autre histoire...

Je n'ai ni mots ni sentiments pour exprimer mon affection, et pour mes enfants, je sais que ça n'a pas été facile. Pourtant je les aime, mais d'un amour énigmatique, tapi dans un recoin de moi-même dont je n'ai pas trouvé le chemin.

- Et cette cicatrice ?

- Je l'ai suppliée, j'ai pleuré, menacé de la tuer, de me tuer, j'ai sorti mon couteau et je me suis coupé, là, au poignet, le sang a giclé, y en avait partout dans la chambre d'hôtel, elle a appelé le SAMU et elle s'est tirée.

- Cette phlébotomie là -il me montre une cicatrice à peu près identique- à trois-quatre centimètres au-dessus de celle ci.

- Une quoi ?

- Décidément, c'est moi le prof aujourd'hui, ça, c'est pas un mot d'argot, c'est un terme médical -dit-il sur un ton sentencieux- ça veut dire se couper les veines, passez six mois en prison, mais enfermée dans une cellule, hein, et vous saurez tout de suite ce que ça veut dire...

- Vous avez... plusieurs fois ?

- Quand je me suis coupé la deuxième fois, j'étais à Fleury-Mérogis. A cause de ces salauds ! La nonna est morte, vous savez, je vous ai dit, c'est elle qui m'a élevé, ils n'ont pas voulu me donner de permission, ils n'ont pas de cœur, ces gens là !

- Mais Marco, comment voulez-vous, vous aviez tenté de vous évader plusieurs fois...

- Menotté avec les entraves entre deux gendarmes, qu'est-ce que j'aurais pu faire, vous vous rendez pas compte, la nonna, dans la terre, toute seule, et moi, je n'étais même pas là !

Une larme roule sur sa joue lisse, parfaitement rasée.

C'était le jour de la Fête des Mères, et j'avais insisté pour déposer des fleurs sur la tombe, malgré la réticence discrète de mon père. Il ne lui avait jamais pardonné d'avoir osé. En descendant l'allée bordée de croix, ma question a jailli, inachevée :

- Est-ce que j'étais là, ici, avec toi le jour où maman...

- Voyons Thérèse ! Tu étais trop petite pour assister à un enterrement.

Ce soir là, dans mon lit, j'ai sangloté pendant des heures. J'avais treize ans. Je ne crois pas avoir pleuré depuis.

Ça démarre bizarrement ce matin, je suis nostalgique, je rougis comme une jeune fille, il pleure comme un enfant. Un peu de tenue.

Pour échapper au trouble, j'ouvre le manuel « Nouvel apprentissage de la lecture », je le feuillette, je choisis volontairement un texte un peu difficile pour son niveau, et je lui demande de me lire la page vingt-trois.

Le beau Marco, spécialiste en braquage de banques, prend un air inquiet, se crispe, ses mains se mettent à serrer le livre un peu trop fort, tandis qu'une lueur d'inquiétude traverse son regard. Puis, après un moment de douloureuse concentration sur la première ligne, il se met à déchiffrer le texte en ânonnant...

* * *

Midi. Comme convenu, Marco m'attend sur la terrasse du grand café de la gare de Lyon. Je m'arrête un instant pour l'observer, perdue dans le flot des voyageurs. Sa levée d'écrou a eu lieu le matin même, mais on le dirait tout droit sorti d'un Cinq Etoiles : dans son élégant costume Emporio Armani, sa valise Louis Vuitton à ses pieds, il jubile en savourant un énorme cigare. Mais son passé est inscrit dans ce regard affûté, toujours aux aguets. Malgré la foule, il me repère très vite, sourit, et m'adresse un petit signe de la main pour s'assurer que je l'ai bien vu. Cet homme-là n'avait probablement pas besoin d'un chaperon, mais le juge préférait que je « l'assiste » jusqu'au départ de son train pour Valence. Là-bas, il sera accueilli par son oncle Pierrino, qui va l'héberger, et s'engage à lui donner du travail dans son garage. Qui en dehors d'un magistrat pouvait imaginer Marco les mains plongées dans le cambouis des voitures ?...

Je vais donc passer deux heures en compagnie de ce truand flamboyant, qui réussit toujours, à son insu, à me transmettre sa bonne humeur. Quel contraste avec Philippe ! Jamais d'excès chez lui, tout est mesuré, réfléchi, abordé avec prudence et sagesse. Non, je n'ai jamais regretté de l'avoir épousé. Il me rassure, et c'est un père tendre.

Mais qu'est-ce qu'il me prend de faire ces comparaisons saugrenues ? Je ne me sens pas bien, et soudain, je suis prise d'un vertige inquiétant, autour de moi, le monde bascule, je sens que je perds pied, ma vue s'obscurcit, et mon cœur devient fou. Alors je fais demi-tour, et je file vers la sortie. Mais déjà des mains puissantes se posent sur mes épaules et me retournent sans ménagement, un corps massif se plaque contre le mien. L'homme prononce des paroles que mon cerveau, confus, ne comprend pas, mais mon visage aime ce souffle chaud qui le frôle. Et lorsqu'il resserre son étreinte, le désir que je fuyais m'inonde.

* * *

Sur le quai, nous nous sommes embrassés sur les joues avec une certaine lassitude. Nous avions oublié la chambre d'hôtel.

Je n'ai pas attendu le départ du train, j'avais très envie de retrouver le cocon familial, et lui, son entière liberté.

La nuit qui a suivi, j'ai reçu la visite de ma mère. Je l'espérais depuis toujours. Elle a couru vers moi en bondissant à grandes enjambées, souple, diaphane, si jeune ! Je me suis réfugiée dans ses bras, et elle m'a couverte de baisers, puis elle m'a fait tournoyer dans les airs, je riais aux éclats, accrochée à son cou, moi, l'enfant aux cheveux argentés.

Pourquoi le temps n'existe-t-il pas dans l'inconscient de nos rêves ? Pourquoi est-ce cet homme-là, qui a su me conduire vers elle ?

Quelques mois plus tard en lisant les journaux, j'ai appris que Marco Valentini et ses complices avaient braqué une banque à Marseille. Cette fois, il était incarcéré à la prison des Baumettes.

Alors, j'ai demandé à Marie-Rose, qui habite Aix depuis que son mari est à la retraite, d'aller le visiter. Elle s'ennuie un peu en famille, et elle est ravie de se frotter aux rugosités du monde carcéral.

Je suis une femme, je suis une fille sans mère, puisque les mères un jour nous abandonnent.

Je n'étais pas tout à fait la fille dont tu avais rêvé, tu n'étais pas tout à fait la mère que j'avais souhaitée, mais les années ont filé, nous avons vieilli ensemble, et ces déceptions étaient bien lointaines. Je pensais que nous nous connaissions bien, que nous nous aimions bien, et que le temps des crises appartenait au passé.

Mais dans ce ciel que nous n'observions plus, la tempête s'est déchaînée et nous a emportées hors du temps, hors du monde, dans un huis clos saturé d'affects.

Tout a commencé par un appel téléphonique, au lendemain de la fête des mères. Elle semblait contrariée et dès les premiers mots, elle s'est excusée :

- Je suis désolée, j'ai complètement oublié de te souhaiter ta fête !

- Ma fête ?

- Oui, pardonne-moi, j'ai oublié la Fête des Mères !

Je suis restée un instant muette avant de bredouiller :

- Mais que dis-tu, je ne suis pas ta mère !

Aussitôt elle est retombée dans la réalité, déstabilisée par ce moment de confusion, mais beaucoup moins que moi.

Elle vit seule depuis son veuvage et elle a plutôt bien réorganisé sa vie, entre les visites à la bibliothèque municipale, les feuilletons américains à la télé qu'elle adore, et le jardinage, qui garantit à ses quatre-vingts ans une souplesse de jeune fille.

Mais, au cours des derniers mois, elle a beaucoup changé. Son visage émacié, d'une pâleur cireuse, ne sourit plus ; elle se déplace difficilement, à petits pas, le dos voûté, et l'herbe du jardin a poussé.

Elle tente de camoufler adroitement ses troubles de mémoire, pourtant, ils l'envahissent et détruisent son intérêt pour la lecture et pour tout ce qu'elle aimait. Elle s'ennuie, tout l'ennuie.

Depuis le fameux coup de téléphone, ce que je me refusais d'admettre depuis des mois s'éclaire d'une lumière violente, et je détourne la tête encore un instant, pour ne pas voir l'ombre menaçante s'approcher.

Ta vieillesse m'inquiète, m'attendrit, me révolte, je sens qu'elle réveille l'ambiguïté de nos liens.

Les combats d'autrefois me reviennent en mémoire. Tu te souviens de mon adolescence ? Mon corps se métamorphosait et tu me confinais dans l'enfance, je me débattais sans comprendre où était le danger, je voulais simplement devenir ce que tu étais, une femme.

Je te trouvais resplendissante, et pourtant, je faisais tout pour te dévaloriser et te pousser un peu trop vite vers ton déclin.

Face à face déjà... Nous défendions des positions que personne ne menaçait, chacune jetant un regard suspicieux et critique sur la sexualité de l'autre.

Soldes dans un magasin. J'assiste à une scène entre une femme et sa fille adolescente.

- Tu n'as pas assez de poitrine pour porter ce décolleté, choisis plutôt un tee-shirt.

La petite est vexée, elle a l'air d'y tenir, à ce corsage qui ne lui allait pas si mal d'ailleurs.

Un moment après, la mère sort de la cabine avec un jean taille basse.

- Tu ne vas pas porter ça à ton âge, avec ce ventre !

Air gêné de la mère, plutôt bien faite, qui rentre précipitamment dans la cabine, avant d'avoir pris l'avis de la vendeuse.

Il fallait bien que j'aie cinquante-neuf ans et que ta vieillesse me fragilise pour être émue jusqu'aux larmes par une scène aussi furtivement drôle et banale.

Sa maladie s'aggrave, ses oublis deviennent dangereux pour elle et pour les autres, elle ne trouve plus ses clefs, elle a passé la nuit sur le palier, elle oublie de manger, elle oublie d'éteindre le gaz dans sa cuisine, elle oublie tout, elle se promène en chemise de nuit dans le jardin, elle va mourir de froid, elle est tombée, les voisins m'appellent, je dois y aller.

Elle me téléphone à tout moment, la nuit, le jour, elle a peur du noir, du bruit, du silence, je multiplie les visites, je suis épuisée.

J'ai téléphoné à Bertrand, un ami psychiatre qui m'a parlé du phénomène du renversement des générations, ce moment où les enfants deviennent les parents de leurs parents. Il a tenté de plaisanter pour banaliser la situation :

- Prépare-toi, tu vas devenir la maman de ta mère...

Je n'ai pas pu réprimer un mouvement de colère en lui répondant :

- Mais je ne veux pas !

Il a conclu gentiment, avec l'évidence du professionnel qui ne triche jamais :

- Mais, ma chérie, il y a des héritages que personne ne peut refuser.

Plus elle est submergée par l'oubli, plus les souvenirs m'envahissent, ils affluent.

J'ai trente-trois ans et je constate, stupéfaite, que je suis enceinte, pas de doute, le test est positif. Je ne veux pas de cet enfant, ni d'un autre, qu'il soit celui d'un amant de passage ou d'un homme que je pourrais aimer.

Je prends rendez-vous à la clinique, je vacille. Elle affiche sa contrariété à travers un mutisme hautain. Je la questionne, j'insiste, j'espère. La réplique est cinglante :

- Tu aurais pu faire attention !

Il faut aussi composer avec la colère et la culpabilité qui se succèdent de façon incessante. Colère face à tes exigences, rarement satisfaites, qui se transforment vite en reproches, culpabilité qui revient en force dès que je perçois ta détresse ou que tu retrouves un instant ta position de mère à travers un sourire ou quelques paroles attentionnées. Je suis soumise à une véritable confusion des sentiments et des rôles, passant de la position de mère à la position de fille, de l'amour à la haine, du rejet à la compassion, des désirs de mort pour que tu ne souffres plus et ne me fasses plus souffrir, à l'impossibilité d'imaginer ta disparition. Alternance insistante et épuisante.

Elle pleure dans mes bras comme une enfant, puis s'énerve, crie qu'elle ne veut plus voir les aide-ménagères, me traite de fille indigne, vocifère, oui, ce sont les filles qui doivent s'occuper de leur vieille mère, et non pas des personnes étrangères.

Elle gesticule en exhibant un corps décharné, animée par une fureur dont elle a oublié l'objet, son visage ravagé s'enlaidit d'un rictus.

Puis tout s'apaise, maintenant elle sourit et m'adresse des mots tendres, qui me bouleversent. Où est passée Carabosse ? Elle est cachée à l'intérieur de ce regard chargé d'amour, ou derrière la tenture peut-être, mais je sais qu'elle est toujours là, avec sa baguette à la main, prête à frapper en plein cœur.

* * *

Tu nous appelais les « filles folles de mai 68 », en posant sur nous un regard étonné, critique, admiratif.

Comme elles, avec elles, j'ai voulu, exigé, obtenu, mais de ce dernier combat, je sens bien que je ne sortirai jamais victorieuse.

Filles folles de mai 68, pourquoi sommes nous si fragiles face à la vieillesse de nos mères ?

Elle me parlait des grossesses à répétition de sa mère, l'Italienne qui croyait au ciel, morte en couches, des avortements clandestins et sanglants qu'elle avait vécus, mais elle méprisait la pilule.

Non, elle n'avait pas songé à se révolter quand elle avait dû, à l'école, céder la place à ses frères, les hommes doivent avoir un bon métier pour faire vivre leur famille. Le mari infidèle et autoritaire était mort, paix à son âme...

J'ai tout fait pour ne pas lui ressembler, pour m'évader, enfin, de cette lignée de femmes maltraitées, dominées, soumises à l'homme et à l'ordre établi. Mais aujourd'hui, je n'ai plus le courage de rejeter l'héritage qu'elle me tend avant de mourir, et qui contient toute la douleur des femmes.

Tu avances dans la vieillesse, tu es fatiguée, je sais que tu vas me quitter bientôt, mais, je t'en prie, reste encore un peu. Je ne suis pas prête, je crois que je ne serai jamais prête.

Jusqu'au bout j'ai espéré que tu mettrais des mots sur certains blancs du passé. Attente déçue mais féconde, qui m'a fait comprendre que ce silence faisait aussi partie de la transmission.

J'ai admis que l'on ne peut pas tout savoir sur son histoire, alors j'essaie d'achever la mienne seule, le mieux possible.

* * *

Cette dernière leçon était peut-être la plus difficile, mais elle a bien fait de me l'imposer.

Je sais un peu mieux de quelle femme je suis la fille, un peu mieux qui je suis.

Certains jours, lorsque je frissonne en voyant s'approcher le spectre de la vieillesse, je l'entends me chuchoter à l'oreille :

- Fille folle de mai 68, il ne faut pas que tu aies peur, c'est parfois difficile, mais au bout de la vie, tu verras, ma chérie, c'est toujours la vie.

TABLE DES MATIÈRES

REMERCIEMENTS

Merci à Anne-Marie Garagnon pour ses conseils d'experte et son amitié attentive.

Merci à Nicole Carré pour son regard critique et ses encouragements.

L'Harmattan, Italia
Via Degli Artisti 15; 10124 Torino

L'Harmattan Hongrie
Könyvesbolt ; Kossuth L. u. 14-16
1053 Budapest

L'Harmattan Burkina Faso
Rue 15.167 Route du Pô Patte d'oie
12 BP 226 Ouagadougou 12
(00226) 76 59 79 86

Espace L'Harmattan Kinshasa
Faculté des Sciences sociales,
politiques et administratives
BP243, KIN XI
Université de Kinshasa

L'Harmattan Congo
67, av. E. P. Lumumba
Bât. – Congo Pharmacie (Bib. Nat.)
BP2874 Brazzaville
harmattan.congo@yahoo.fr

L'Harmattan Guinée
Almamya Rue KA 028, en face du restaurant Le Cèdre
OKB agency BP 3470 Conakry
(00224) 60 20 85 08
harmattanguinee@yahoo.fr

L'Harmattan Côte d'Ivoire
M. Etien N'dah Ahmon
Résidence Karl / cité des arts
Abidjan-Cocody 03 BP 1588 Abidjan 03
(00225) 05 77 87 31

L'Harmattan Mauritanie
Espace El Kettab du livre francophone
N° 472 avenue du Palais des Congrès
BP 316 Nouakchott
(00222) 63 25 980

L'Harmattan Cameroun
BP 11486
Face à la SNI, immeuble Don Bosco
Yaoundé
(00237) 99 76 61 66
harmattancam@yahoo.fr

L'Harmattan Sénégal
« Villa Rose », rue de Diourbel X G, Point E
BP 45034 Dakar FANN
(00221) 33 825 98 58 / 77 242 25 08
senharmattan@gmail.com

Achevé d'imprimer par Corlet Numérique - 14110 Condé-sur-Noireau
N° d'Imprimeur : 83605 - Dépôt légal : décembre 2011 - *Imprimé en France*